文韵影情

张德义 著

河北大学出版社·保定

文韵影情

WEN YUN YING QING

出 版 人：朱文富
封面题字：谈　歌
封底篆刻：崔福林
责任编辑：姚萌萌
装帧设计：杨艳霞
责任校对：王亚薇
责任印制：闻　利

图书在版编目（CIP）数据

文韵影情 / 张德义著. -- 保定 ：河北大学出版社，2020.11
ISBN 978-7-5666-1712-5

Ⅰ. ①文… Ⅱ. ①张… Ⅲ. ①诗集－中国－当代②散文集－中国－当代 Ⅳ. ①I227 ②I267

中国版本图书馆 CIP 数据核字 (2020) 第 206912 号

出版发行：河北大学出版社
地址：河北省保定市七一东路 2666 号　邮编：071000
电话：0312-5073033　0312-5073029
邮箱：hbdxcbs818@163.com　网址：www.hbdxcbs.com
经　　销：全国新华书店
印　　刷：保定市正大印刷有限公司
幅面尺寸：170 mm × 240 mm
印　　张：19.5
字　　数：258 千字
版　　次：2020 年 11 月第 1 版
印　　次：2020 年 11 月第 1 次印刷
书　　号：ISBN 978-7-5666-1712-5
定　　价：156.00 元

用心作诗 以情为文 描绘人生图景

本人对保定学院了解不多，只知道那儿的学生毕业后多有赴西部支教者，习总书记曾致信表扬鼓励，不简单；前几年，好友谈歌和我说，保定有个国土局长张德义同志到保定学院任副校长，用《中国汉字听写大会》的考题词作诗，出了好几本书，也不简单。时下，谈先生又嘱我为德义的又一部文集《文韵影情》作序，便欣然答应，而且读后确有话说。

这是一部用心之作，内容丰富，文风清隽，确实不负德义“一心”之笔名。展读全书，妙语哲思随处可见，作者的性格、学养、风貌、命运跃然纸上。其诗其文，或观事于微，精心妙构，文境深湛；或文思俊逸，视角新奇，别开生面；或灵感生发，文笔洒脱，饶有智趣，将读者带到一个饱含情意、溢满诗意的生活境界。

诗文选题类型多样，写人、纪事、咏怀，亲情、工作、友爱，送别、赠答、追思，不一而足。作为行政领导，作者还记录了很多工作方面的经历与体会，如《欣闻习总书记给我校西部支教毕业生群体代表回信感赋》《南疆行二首》，因此还具有一定的史料价值。作者以诗词文赋再现了一个个人生场景，描绘了生活常态，显示出悠远的文学魅力。

对于诗文，“情”是永远的硬核。真诚地面对自己，于感知生活、感知社会的过程中捕捉自己的心跳，如此才能跟读者、跟整个社会的心连在一起。这部诗文集，无论从哪里翻开，都会有惊喜、有感动。书中既有家国情怀、民族大义的表达，也可见亲人朋友、小情小趣的书写，至情至性，真切动人，深厚隽永。《雨中漫吟》写饭后遛弯儿“遭雨浇”“虫咬蚊叮满腿包”，令人忍俊不禁；《从一口油条想到姐夫其人其事》中，高大伟岸而又周到暖心的姐夫让人感动；《世上还是妈妈好》里，未满两岁的外孙执着地找妈妈，令人动容。德义擅长用诗词文赋传递情感。妻子光荣退休，赋诗祝贺；与分别几十年的战友相聚，撰文记录；观察外孙的一举一动、一颦一笑，为其量身定作八首儿歌；感念血脉亲缘，作至亲组诗十五首赠予女儿……林林总总的日常叙写，因情而脱去平庸，充满生气，面目可爱。同时，他还用镜头记录了诗话生活，展现了唯美的生活情趣。

该书以诗歌为主，收录了作者诗词二百余首。中华诗词为大众所喜爱，但真正会写的人并不多见，能够娴熟地运用旧体诗写出自身感受的更是凤毛麟角。这方面，德义进行了积极探索，其诗词严格遵守平仄、对仗、押韵等格律形式，诗意深厚清隽，诗情高昂澎湃，在思想内涵和艺术成就上都达到了较高水平，值得称赞。现代世界进入了一个书写时代，著书立说，屡见不鲜，然而像《文韵影情》这样的书，单凭聪明劲儿和舍得付辛苦是绝对写不出来的，必须得有真才实学才行啊！

任何一个时期的文坛，现实题材的创作都不可缺席。如今，我们身处在一个千载难逢的大时代，德义是个有情怀、有担当、有雅趣之人。希望德义坚持文学创作，关照生活深处，聆听时代声音，继续用诗词文赋记录新时代的巨变。

权且为序。

蒋子龙

二〇一九年八月

蒋子龙 中国作协原副主席，天津市作协原主席，2018 年 12 月 18 日被党中央、国务院授予改革先锋称号，获评“改革文学”作家代表。

德义本色是诗人

喧嚣热闹的酷暑时节，欣阅保定学院原副校长、保定作协原副主席、省作协会员张德义同志即将出版的《文韵影情》，该书集合了他近期创作的诗词文赋共计 20 余万字，是德义同志辛勤汗水和智慧文采的结晶。这浸透着作者近八年深挚情感与富有感染力的文字，犹如一股清流，令人消除浮躁，静心畅怀。

德义同志祖籍河北邯郸，生于东北，十七岁投笔从戎，在海军北海舰队服役十一年。1987 年转业到河北省邯郸市地质矿产局，一步一个脚印地从科员干起，历任办公室副主任、科长、局长助理、副局长。1995 年之后，德义同志调任保定市地矿局局长、党组书记，后任保定市国土资源局局长、党组书记。2011 年 6 月升任保定学院副校长。仅从他四十二年的工作经历看，除了在高校从事教育管理工作这一阶段，人们无论如何都不会把这位“海员”“土地爷”同舞文弄墨的诗人、作家联系在一起。但是，德义同志却以诗人的本色和初心，以超乎常人的想象力和惊人的毅力，在高标准完成本职工作之余，写下了这么多饱含情怀的诗词与文章。

到目前为止，德义同志总共出版了五本诗集，分别代表了他文学创作的三个阶段。第一个阶段，是 2012 年出版的《韵影心迹》。这是他第一本诗文集，里面用优美的文字和精心的摄影之作，记述了自己十几年从政期间的心路历程和对生活的感悟。据他说，这是他文学创作的“学习”阶段，很多文字还很青涩，对于古体诗的格律还较生疏。第二本和第三本、第四本，就是河北出版传媒集团河北少年儿童出版社 2014 年 12 月出版的《字韵诗魂》（上、下编），以及 2018 年 6 月出版的《字韵诗魂》（续编）。这是德义同志在观看第一届第二届中国汉字听写大会总计 27 场、第三届 15 场比赛之后的精心巨制。他匠心独运，精思妙构，用三届比赛 2116 个并没有任何联系的、独立切割的全部考题汉字词语，组成 260 首七言古诗，并且是“场场独立成章，字字无一遗漏”。这不仅是汉字词汇的锦绣编织，更是汉语词汇的理解掌握和绝好的运用过程，这是德义同志文学创作的“提升”，也是第二个阶段。第三个阶段，就是即将出版的这部《文韵影情》，里面无论是质朴的长篇叙事和抒情诗作，还是短小凝练的格律诗篇，亦或是骈体汉赋，都展现出作者熟练运用汉语词进行汇创作的技巧和艺术水准，体现了德义同志纯挚的诗人本色与天性，以及深湛的古典文学修养。

比如“一伏夜雨送凉风，梦里依稀听鸟鸣。后院荷花争栉沐，洁身自爱品犹清”，还有“细雨轻弹叶似琴”“我家老燕喜春泥”，都是不可多得的，足以流传后世的好诗妙句。前者借用荷花来表达自己的品格清洁，后者虽然是直写雨中景物，但间接表达了自己的心境。再如“故园篱下有竹丛，枝叶相怜一脉情。破土新芽君莫采，老竹只盼子孙隆”，情理交融，读后令人回味无穷。文学的灵感首先源于生活的阅历与经历，更源于对人生对人性的现实思索。可以说，没有丰富的人生参悟，没有刻苦的创作磨砺，没有对古典诗词深入的理解，是不可能写出这样形式优美、内容充实、清新隽永、富含哲理的诗句的。这是德义同志的文学创作在经历了“学习”“提升”之后，进入“升华”阶段的体现。这种执着的创作，既与德义同志工作和生活阅历有关，也与他的艺术格调、审美追求有着内在的联系。

德义同志的诗作情高韵美，文章雅人深致，从中可以读到人生的真情、读出生活的情趣，读出作家可称为风骨的人格魅力。从《题至亲组诗十五首》中可以了解，德义同志成长于普通却非常传统的家庭，作为家中四子，从小“德崇先圣克己严”。良好的家教，培养了他真挚的赤子情怀和诗人本色。十一年军旅生涯、二十三年从政和八年高校管理历程，炼就了他洞悉世事、格高意远的人生定力。从诗中可以看到，德义在家里是孝子、是体贴的丈夫、是慈爱的父亲，更是可亲可爱的外公；在单位，德义是严以律己、高屋建瓴的领导，是温文尔雅的同事，是如沐春风的长者；在首长和战友们面前，他是患难与共、福祸相依的兄弟。当年丰子恺先生评价弘一大师李叔同，说他“事母孝，待妻爱，精深艺术，实最完美一人也。”德义同志在我们这些朋友眼里，这个多少带有东北汉子气质的诗人，从他的诗词文章的真情，特别是他善与人同而又洁身自好的为人品质来看，恕我直言，德义同志堪称是我们的朋友和创作队伍当中“实最完美一人也”。

古人说“文如其人”，又说“学无止境”，而创作更是没有止境的。我们希望德义同志继续写下去，实现自我“超越”，达到第四个阶段。我们有理由相信，那一定是一个“臻于至善”的完美佳境，祝愿德义同志写出更多更好的诗篇和文章。我们也热切期待着，有更多的像德义同志这样有着丰富的工作阅历和深刻的人生体验的同志，加入到我们文学创作行列中来，写出更多更好的讴歌生活、讴歌人民、讴歌祖国、讴歌新时代的作品。

关仁山

二〇一九年夏

关仁山 中国作协第九届全委会委员，河北省作家协会主席，与作家何申、谈歌被文坛称作河北“三驾马车”。

目录

诗

雨中吟 …… 22
即兴赋 …… 23
重游八达岭长城 …… 24
为宋连长与胡指导员重逢而作 …… 26
平山温塘沐歌 …… 26
天桂山抒怀 …… 27
再登白银坨（外一首） …… 27
咏红叶 …… 28
重阳赴京呈书稿 …… 30
说千道万 …… 30
乒坛战歌 …… 31
答 辩 …… 31
登西陵卧龙山 …… 32
咏 荷 …… 33

咏　冬 …… 33
东北行诗五首 …… 34
其一　查干湖冬捕 …… 34
其二　王府冰河 …… 36
其三　松花江雾凇 …… 38
其四　北大壶玉宇仙峰 …… 40
其五　秦皇岛望海上日出 …… 43
贺苏宗印先生诗集《吟啸行》出版 …… 44
叙结婚二十七年史 …… 45
感　赋 …… 47
环太湖记游 …… 48
其一　序 …… 48
其二　鼋头渚 …… 51
其三　宜兴 …… 52
其四　湖州 …… 54
其五　嘉兴南湖 …… 55
春分咏雪 …… 56
微信赞 …… 56
回故乡二首 …… 57
其一　武安暴庄祭祖 …… 57
其二　春游广府古城 …… 57
咏杏花 …… 58
赠友锁兄 …… 59
登易县云蒙山 …… 59
咏春燕 …… 60
题至亲组诗十五首 …… 60

其一　祖父 …… 60
其二　祖母 …… 61
其三　外祖父 …… 61
其四　外祖母 …… 62
其五　父亲 …… 62
其六　母亲 …… 63
其七　大姑 …… 63
其八　大伯 …… 64
其九　二伯 …… 64
其十　三伯 …… 65
其十一　二姑 …… 65
其十二　五叔 …… 66
其十三　小姨 …… 66
其十四　舅舅 …… 67
其十五　梦媛 …… 67
下扬州诗四首 …… 68
其一　到长江 …… 68
其二　个园 …… 68
其三　瘦西湖 …… 69
其四　琼花吟 …… 69
到北京张裕爱斐堡国际酒庄 …… 70
初乘高铁 …… 72
寄语美术系师生 …… 73
2013 届本科毕业典礼记 …… 73
文友雅聚唱和 …… 74
贺张新武、程健佐先生画展 …… 75

初伏夜雨 …… 75
黑龙江之行诗 …… 76
其一 序 …… 76
其二 从哈尔滨到北安途中 …… 76
其三 谢师 …… 77
其四 致凤洲先生 …… 77
其五 五大连池 …… 78
其六 鹤乡之歌 …… 82
其七 大庆油田 …… 84
其八 由大庆夜赴牡丹江 …… 86
其九 镜泊湖胜景 …… 86
香格里拉普达措国家公园 …… 88
蜀南行诗四首 …… 90
其一 成都南下长宁 …… 90
其二 蜀南竹海忘忧谷 …… 90
其三 龙吟寺观日出 …… 91
其四 青城山 …… 91
武陵丛台 …… 92
额济纳胡杨林深度游记 …… 93
其一 朝辞兰州 …… 93
其二 过祁连山 …… 94
其三 张掖丹霞 …… 96
其四 嘉峪关 …… 98
其五 鸣沙山月牙泉 …… 99
其六 从嘉峪关到额济纳途中 …… 102
其七 黑城咏史 …… 102

其八　额济纳胡杨林 …… 105
其九　居延海日出 …… 108
偶　感 …… 110
观高雅艺术进校园有感 …… 110
申评研究员答辩通过 …… 111
贺勇山兄荣退二线 …… 111
贺《马家大院》家庭电子杂志诗三首 …… 112
其一　马氏家族 …… 112
其二　《马家大院》 …… 113
其三　马家兄妹 …… 113
年度集中听课 …… 114
贺赵小海先生获金奖 …… 114
和墨行斋甲午元日诗 …… 115
酬李新元旦诗 …… 116
谢伯乐之恩 …… 117
贺沉香御品馆宏张 …… 117
甲午春节自吟 …… 118
甲午元春到定州 …… 118
参观保定留法勤工俭学纪念馆感怀 …… 119
毛泽东十大气质诗 …… 120
早春赴衡水二首 …… 121
其一 …… 121
其二 …… 121
偶　吟 …… 122
《成语英雄三人行》观后并贺李新先生顺利晋级 …… 122
观《出彩中国人》总决赛 …… 123

登庆都山 124
欣闻习总书记给我校西部支教毕业生群体代表回信感赋 125
和世斌先生 126
致国赤同志 127
《诗品端午·词话中国》即席赋 128
咏君子兰 130
端午品杏 130
题中国成语大会 131
贺福林教授之子高校执教 131
参观柳江地质博物馆记 132
赠新生同志 134
题《保定学院思想政治教育研究成果汇编》 134
迎接专家进校评估 135
贺亚林五十二寿辰 135
沐浴白洋淀华润温泉城 136
滇西南游诗四首 137
其一 序 137
其二 畹町凭吊 137
其三 腾冲热海温泉 138
其四 和顺古镇畅怀 140
博野赏梨花诗二首 142
其一 142
其二 142
题赵云耕先生赠毛全本黑纸扇诗 144
于华中美术馆拜会范曾、陈佩秋先生 144
南疆行二首 146

其一　南疆随记 …… 146
其二　赞我校赴新疆支教毕业生 …… 147
到安新官城秋波府 …… 148
参加小汤山人大代表培训班 …… 148
赞综合素质大课堂 …… 149
游满城龙居冰瀑 …… 150
为保定作协 2016 迎春诗会而作 …… 152
游津西名镇杨柳青 …… 153
访金国、建萍并祝安吉 …… 154
兰亭怀古 …… 154
我家老燕 …… 156
柳絮杨花之殇 …… 156
畅读谈歌先生《绝士》三篇有感 …… 157
赴定州贺业鹏新任 …… 158
宸宸儿歌（九首） …… 158
其一　小翅膀 …… 158
其二　大眼睛 …… 159
其三　加辅食 …… 159
其四　玩具 …… 159
其五　快乐城堡 …… 159
其六　晒太阳 …… 160
其七　骑大马 …… 160
其八　早睡早起身体棒 …… 160
其九　荡秋千 …… 160
为所承担科研项目获专家评审通过而作 …… 161
保定市第十四届人大第三十三次常委会感怀 …… 161

贵州行 …… 162
其一　天星桥 …… 162
其二　黄果树大瀑布 …… 162
其三　陡坡塘瀑布 …… 164
其四　西江千户苗寨 …… 166
其五　镇远古城 …… 168
其六　梵净山 …… 170
其七　贺岳母大人八十二寿辰 …… 172
偶　感 …… 173
咏鸭绿江断桥 …… 174
为建军九十周年暨从军四十载而作 …… 176
赏劲中先生墨宝 …… 176
王炳友司令员摄影作品题诗 …… 177
其一　题坝上日晕 …… 177
其二　题千岛湖捕鱼 …… 178
其三　题西湖冬韵 …… 178
其四　题金山岭长城 …… 179
其五　题坝上草原 …… 179
其六　题新疆那拉提 …… 181
其七　题云南金平 …… 181
其八　题云南普者黑 …… 182
其九　题元阳梯田 …… 182
其十　题川西云鹤 …… 183
其十一　题坝上驼队 …… 184
其十二　题雪原奔马 …… 184
小雪时节宿白石山居 …… 185

张大脚擦地歌 185
贺亚林光荣退休 186
贺亚林五十五岁生日 186
六星聚即席赋 187
手风琴班欢聚记 187
早春访雁栖湖六首 188
其一 188
其二 188
其三 188
其四 188
其五 189
其六 189
惜 竹 191
致西部支教优秀群体代表 191
自题画海日出照 193
“八一”小记 194
与老战友晓刚京华重聚 194
与友人看望老领导珽玖书记 195
拜读誉峰先生所赠《忆历记述》等感赋 196
其一 传家之宝 196
其二 延芹年谱 196
其三 手迹存稿 197
其四 忆历记述 197
丰宁坝上秋色 198
题河北省第十三届普通高校校长体育比赛 200
郭亮绝壁长廊 200

和默然先生 202
贺《保定诗刊》创刊 203
贺荣乌高速保定段通车 203

词

忆江南·开冬 206
十六字令三首 207
卜算子·咏墨兰 208
西江月·贺中共保定学院第一次代表大会召开 209
西江月·教代会 210
沁园春·新生军训阅兵 211
西江月·迎接本科教学工作合格评估 214
虞美人·满城龙居冰瀑 214
钗头凤·沈园古今 216
定风波·莫负东风春意萌 218

文

衡山、岳阳楼、赤壁、云梦游记 222
丁酉之夏东北行散记 228
滇南旅摄随笔 239
元宵节随想 257
五十八岁生日随笔 259

外孙宸宸“龙抬头” 261
外孙也扮“卓别林” 263
世上还是妈妈好 264
外孙情系棒棒糖 267
从一口油条想到姐夫其人其事 269
战友重聚青岛掠影 271
戊戌秋日寻访下花园、涿鹿名胜记 272
南下广州“乒乓”记 277
战友相聚南粤 281

赋

易州西陵镇白水港游记 290
云竹赋 292
晨游校园 294
游清源山记 298
游武夷山记 301
初雪叶悟 304
华中白石山温泉度假区赋 306
步《兰亭序》记同学联谊会 308

后记 309

诗

雨中吟

二〇一二年七月五日

饭后遛弯兴致高，
不期雨点悄然飘。
檐前树下暂且避，
虫咬蚊叮满腿包。
电闪雷鸣雨渐大，
疾奔入户把门敲。
左藏右躲躲不过，
大雨倾盆猛劲浇。

注：2012 年 7 月 2 日，外甥都都自瑞典回到保定探亲。7 月 5 日，晚饭后与都都在院中散步，大雨突至，即兴吟诵。

即兴赋

二〇一二年九月九日

王侯自古出英年，
李杜诗篇百代传。
张掖丹霞七彩暖，
楼兰古道北风寒。
辛勤始得标亘正，
刘备南阳期大贤。
拙笔珠瑕求玉篋，
君为驽马配金鞍。

注：2012 年 9 月 9 日，于卓正国际酒店商议《韵影心迹》诗集装帧设计等事，以参加人员姓氏为首字而赋诗。参加人员有王卫军、李新、张新武三位老师，摄影师楼蔚、卓正集团老总辛群来、夫人刘亚林等。

重游八达岭长城

二〇一二年九月十九日

长城万里连霄汉，
登者何止千百万。
屈指上下五千年，
终有几人成好汉？
虽到长城非好汉，
只缘行程未两万。
关山漫道征途远，
迈步从头方好汉。

注：其时陪同老连长宋国山重登八达岭长城有感。

长城雄姿

为宋连长与胡指导员重逢而作

二〇一二年九月二十日

军营挥手三十年，
燕下重逢恨见难。
对望泪湿霜满目，
相拥哽咽竟无言。
举杯回首胶州事，
驱舰犁破黄海澜。
易水寒流从此暖，
蓬莱潮起望仙山。

注：余1977年入伍山东胶南37393部队汽车连，指导员胡元启为河北易县籍，连长宋国山为山东半岛乳山人。应我多次邀请连长宋国山一家自山东青岛来京冀旅游，其日到易县与指导员胡元启等数位老战友团聚感赋。

平山温塘沐歌

二〇一二年十月五日

霜色初描染太行，
为寻仙浴下温塘。
出池顿入儿时梦，
日上三竿懒起床。

注：2012年国庆节，赴石家庄市平山县温塘镇，住西苑宾馆。晚饭后，享水湾沐浴温泉，神情畅快。浴毕，酣然入睡，一觉天明，实为近几十年未有之囫囵觉也。

天桂山抒怀

二〇一二年十月六日

天桂巍峨太行间，
秋风浩荡壮幽燕。
吟诗驱驾三百里，
诵赋拾级上九天。
雄险可称王母首，
秀奇堪比桂林颜。
青龙道场听暮鼓，
极目斜阳撞远山。

注：2012 年秋，登天桂山。天桂山以“雄、险、奇、秀”名冠太行，曾被明崇祯帝选为归隐行宫之址，崇祯吊死煤山后，“行宫”改为青龙观，有“皇家道院”“北方桂林”之誉。太行山又称五行山、王母山、女娲山等。

再登白银坨（外一首）

二〇一二年十月十四日

散花仙女乘云行，
五彩霓裳落顺平。
千岭霜林翔紫瑞，
万山秋叶胜花红。
白银坨上白云绕，
冰壶群中冰雪融。
尧帝故乡歌善美，
伊祁大地漾和风。

注：2012 年 10 月 13 日，偕保定学院几位摄友赴顺平白银坨创作。其时，保定艺术摄影家学会、顺平县委县政府联合举办的“尧帝故里 善美顺平”摄影大赛在即。白银坨上有冰川遗迹——冰壶群。顺平县城西有伊祁山，史载为尧帝出生地。

咏红叶

曾为绿叶奉花容，
栉沐风霜尽瘁躬。
花艳终无鲜百日，
愿披银铠续花红。

七彩白银坨

重阳赴京呈书稿

二〇一二年十月二十三日

霜降重阳正巧逢，
经秋枫叶胜花红。
朝辞直隶呈书样，
午至皇城好友迎。
新武呕心总策划，
福林秉烛校勘精。
班门敢舞架桥斧，
始有胜蓝已见青。

注：是日，霜降逢重阳，与张新武、崔福林两位老师到北京鼓楼西大街线装书局送《韵影心迹》书稿以记。

说千道万

二〇一二年十一月二十二日

花开千紫万红秀，
酒浇千杯万盏愁。
身经千难万险勇，
心历千辛万苦悠。
爱随千呼万唤涌，
情连千丝万缕柔。
日升千秋万代赤，
月追千山万水流。

注：2012 年 11 月 22 日，廊坊、天津访故友途中所思。

乒坛战歌

二〇一二年十一月二十三日

叶紫霜白冬意侵，
乘风击鼓向天津。
乒坛健将雄心在，
高校教工面貌新。
保院挥师重奋战，
英威智略敢撕拼。
二十四旅前八位，
捷报飞鸿慰众亲。

注：2012 年 11 月 23 日，河北省高校第七届“教工杯”乒乓球赛在天津举行，共 24 支球队参赛。保定学院在时隔五届后重新参赛。代表队由杨彦博、赵大军、米建军、王宏建等组成，他们敢打敢拼一举跻身前八。

答 辩

二〇一二年十一月二十六日

投身高校过一年，
申报职称诚恐然。
听召急驰答辩会，
闻诘曲解掩慌言。
从来背手聆尊诲，
怎敢扬眉执教鞭。
不是图名驱功利，
但求智慧注心田。

注：2012 年 11 月 26 日，赴石家庄省直工委党校，参加申报自然地理教授职称评审答辩会。本人到学院满一年，按政策可比照申评正高级职称。

登西陵卧龙山

二〇一二年十二月九日

闲来信步走苍龙，
淡照冬阳四野峰。
易水波凝冰絮掩，
云蒙风冽露霜浓。
皇陵若隐千川阔，
翠柏峥嵘万谷空。
慨叹天高无雁过，
林深唱和鸟幽鸣。

注：2012 年 12 月 9 日，与友登易县清西陵卧龙山作。

咏荷

二〇一二年十二月十八日

蝶恋花痴泪透襟，
孤芳何处觅知音。
朝晖尽染也无语，
虽立污泥影亦新。

注：读宋·周敦颐《爱莲说》偶感。

咏冬

二〇一二年十二月

霜林玉裹银装俏，
雪岭逶迤腾浪涛。
易水凝寒知月冷，
狼牙放霁看天高。

注：数九寒天，终降瑞雪，浮想凝句。

东北行诗五首

我出生于吉林，十七岁当兵，离开故土已33年，但每当提起东北我都会呼然心动。闻名于世的查干湖就位于我出生地——吉林松原市境内。那寒冬里玉树银花般的雾凇，那令人向往的冬捕奇观……回故乡去寻冬，冬天去东北那才是东北。

其一　查干湖冬捕

二〇一三年一月二十日

去岁相约回故土，
为观冬捕今成行。
查干湖阔四百里，
呼啸北风送隆冬。
原始鱼猎独存处，
九州享誉真英雄。
一网打尽三十万，
吉尼斯榜列标兵。
选准网眼穿杆起，
扭矛走钩方向明。
两厢合拢绞盘转，
千米渔网渐出冰。
鱼跃转瞬即僵挺，
渔夫须眉白气蒸。
满载而归蹄声脆，
鞭声响彻雪原空。

注：查干湖面积420平方公里，是我国现存唯一的原始渔猎场。其冬捕蔚为壮观，举世闻名。2009年1月3日，以单网出鱼量16.8万公斤打破了2006年创下的10.45万公斤的世界纪录，开创了新的单网冬捕捞量最高的吉尼斯世界记录。冬捕方法：根据鱼讯，先选好入网眼，出鱼口，由破冰而成的入网眼下网向两侧环绕每间隔6米至7米凿一眼，用竹木质的穿杆逐段送网，并用铁制扭矛、走钩调整方向。每侧12片网长约1000米至出鱼口合拢后，用绞盘收网。网中之鱼由渔夫捞网抛出，倾时即冰冻坚硬。

冬捕收网

其二 王府冰河

二〇一三年一月二十一日

盛观冬捕返春城，
故友惜别情意浓。
中道偶临贝勒府，
松花支脉绕城行。
古榆傲雪笑冰里，
顾影萧条亦自清。
待到春雷送春雨，
满河风采迎风情。

注：“王府”指郭尔罗斯前旗齐默特色木不勒王爷府。该王爷府有松花江支渠绕过，支渠两侧古榆参天。因松花江水常年流动，该河寒冬冻而不实，如玉带一般。

冰河入镜

其三 松花江雾凇

二〇一三年一月二十三日

常忆少年想雾凇，
雪飞风冽入春城。
维田盛邀赏文雅，
金萍华筵酒相迎。
凇绽三江何处好，
连樯逐舰看江城。
长白天水热泉涌，
松花江边暖气升。
冰冻寒袭凝万树，
琼枝玉叶瞬间成。
银花绽放蓝天上，
玉串连环绿波中。
凇海留连竟忘返，
素颜比若梨花浓。
四大奇观双载誉，
沿江之城天下名。

注：此次去长春、吉林等地，老战友李维田、杜金萍夫妇热情款待。吉林是满族发祥地，原名“吉林乌拉”，满语意为“沿江的城池”。因康熙皇帝东巡所作《松花江放船歌》有“连樯接舰屯江城”之句，故吉林市又有“北国江城”之称。

吉林雾凇与云南石林、长江三峡、桂林山水并誉为中国四大自然奇观，也是与黄山云海、泰山日出、钱塘潮涌并称的中国四大气象奇观之一。

银装素裹

其四 北大壶玉宇仙峰

二〇一三年一月二十三日

朋友盛邀滑雪去，
蹒跚胜过履薄冰。
改乘索道凌空起，
一跃飞天上碧空。
北大壶峰幻蜃景，
仙山俯瞰彩云中。
日月争辉八万里，
澄清玉宇九州同。

注：吉林北大壶滑雪场有着得天独厚的自然优势，达到国际雪上竞赛场地水平。海拔超过1200米的山峰有9座，主峰海拔1408.8米。山上古桦参天，一尘不染，仙山琼峰，彩云袅袅，仿佛天界一般。

仙山玉宇

海上日出

其五 秦皇岛望海上日出

二〇一三年一月二十四日

晨揽琼枝宿港城，
故人设酒洗尘风。
梦醒帘卷望天晓，
日冕凌波渐次升。
转瞬蒸蒸浩荡起，
刹时浪浪映霞红。
一袭纸鸥乘云去，
满目朝晖染宇穹。

注：东北之行的最后一站，回到了河北省的秦皇岛，住在海边一酒店。次日晨起拂帘，正逢海上日出，蔚为壮观。恰巧一只风筝飞上碧空，平添几分情趣。

贺苏宗印先生诗集《吟啸行》出版

二〇一三年二月五日

吟咏诗坛四十年，
啸歌东序自扬鞭。
行侠山海迎斜照，
志立丹心留雅篇。
苏赋李诗传万古，
宗承风韵自怡闲。
印椟付梓同侪贺，
诗意穿林风雨间。

注：苏宗印先生诗集《吟啸行》出版，雅友小聚，即席赋诗致贺。次日苏先生和诗一首。《吟啸行》取意苏东坡“定风波·莫听穿林打叶声”。东序：古时学校的一种称谓。

附：苏宗印诗

和张德义院长

二〇一三年二月六日

感慨匆匆耳顺年，
谢别岗位六十天。
德才挂印为官路，
义信不渝骚客篇。
同趣深结兄弟谊，
志合沉醉滁山闲。
贺春酬唱共约定，
诗赋啸吟天地间。

叙结婚二十七年史

二〇一三年二月六日

忆往二十七年前，
红花鲜艳戴胸间。
喜炮喜乐双喜字，
新郎新娘拜新天。
迎娶新娘邯钢院，
我家陋室中华南。
舍中置筵奉水酒，
亲朋挚友意自欢。
忆往初识八一年，
意气敢弄黄海澜。
七夕盟誓长生殿，
不离不弃扬征帆。
苦恋五载修正果，
依稀别离泪涟涟。
鸿雁双飞周往复，
几曾夜读露笑颜。
八七四月初十日，
喜得娇女名梦媛。
无愧为父职责尽，
困顿煮奶锅烧干。
贤妻爱女倍增力，
焕发热情志更坚。
邯郸地矿整八载，
众拥党授副局衔。
九五岁末迁保定，
一方地矿掌全盘。
妻女期年随北上，
满怀激情劲倍添。
二〇〇二年初至，
地矿土地整合编。
甘居次位心无怨，
起伏收放自雅闲。

二〇〇三四月始，
复正重领万里田。
挥笔浓彩国土史，
创就辉煌全国先。
二〇一一七月七，
不耕官田耕砚田。
自请身向桃源里，
保定学院执教鞭。
三十功名尘与土，
何能风顺一帆悬。
唯与知己共甘苦，
相濡以沫渡时艰。
爱妻履职高新区，
先任综合后妇联。
老幼皆呼刘姐好，
不论苦累心怡安。
娇女少小自聪慧，
高考农大国际院。
留英读硕伯明翰，
择业民生归故园。
竭尽所能献力量，
赢得众亲交口赞。
而今人生渐淡然，
双双跨入天命年。
银婚已过向金婚，
平安是福祈平安。

注：为纪念结婚27周年作此叙事诗。追忆过去，浮想联翩，持笔情至，一气呵成。

感赋

二〇一三年二月九日

天命之年已知命，
知命岂可志向空。
志向笃定终不变，
留取诗篇照汗青。

注：天命之年曾作诗以抒胸怀，今又逾三载矣。

环太湖记游

二〇一三年二月十八日至二十三日

其一 序

早春踏雪下江南，
为慕春江绿如蓝。
飞驾骋怀驰四省，
黄河天堑弹指间。
锡城湖畔雪飘舞，
疑是迎宾曲畅欢。
太湖波扬两千里，
琼花拂面喜空前。

注：癸巳正月寒假间，乘兴下江南，沿无锡、宜兴、湖州、嘉兴环太湖游览，正值江南大雪。太湖位于长江三角洲中部江苏省境内，面积 2250 平方公里，为中国第二大淡水湖（第一大淡水湖为鄱阳湖，面积 3960 平方公里）。长江亦称天堑。

北国风光在江南

太湖鼋头渚

其二 鼋头渚

无锡胜景闻名久，
绝美太湖在鼋头。
瑞雪铺陈千岭玉，
雾凇裹就万枝绸。
会仙蓬岛禅无尽，
万浪佳人语正柔。
待到日出冰雪遁，
神鼋昂首向神州。

注：“小小无锡景，最美鼋头渚”。当代大诗人郭沫若有“太湖绝佳处，毕竟在鼋头”诗句赞誉。鼋头渚是横卧太湖西北岸的一个半岛，因巨石突入湖中形状酷似神龟昂首而得名。太湖仙岛，万浪卷雪皆为其著名景点。

其三 宜兴

游罢锡城到宜兴，
宜兴天宝地杰灵。
日出竹秀万杆翠，
雪映梅花千点红。
善卷洞中拂虞舜，
祝英阁下叙衷情。
陶都壶小乾坤大，
白茶香飘心可清。

注：宜兴古称阳羡，号蜩陶都。竹海、白茶、溶洞、紫砂称宜兴“四宝”。善卷洞是著名石灰熔岩奇洞。相传4000年前舜以天下让善卷，诗人善卷坚辞不授，入深山而隐居于此洞。山下有英台村，梁祝传说经久不衰。

宜兴竹海

其四 湖州

经纬蚕桑织锦绣，
丝绸之路肇湖州。
接天大道通四海，
华厦文明耀寰球。
湖笔善琏名久远，
文房四宝冠头筹。
中华笔墨泼天下，
重整河山著春秋。

湖笔之王

注：湖州自古素有丝绸之府、鱼米之乡、文化之邦的美誉，是海上丝绸之路的起点。文房四宝之一“湖笔”即产自湖州善琏镇。

其五 嘉兴南湖

御风六沐俏江南，
波涌红船扬战帆。
文武诗篇自大统，
千秋彪炳两哲贤。

波吟浪咏唤春色，
梅萼柳芽蕴娇颜。
湖心岛上点万树，
醉仙楼里数雨烟。

注：嘉兴南湖红船为中国共产党诞生地。烟雨楼是南湖湖心岛上的主要建筑，因唐杜牧“南朝四百八十寺，多少楼台烟雨中”的诗意得名。乾隆六下江南，八登烟雨楼。湖边有醉仙楼酒家。

烟雨楼台

春分咏雪

二〇一三年三月二十日

春分时节春雪飞，
化作春雨把春催。
春风舞动春光好，
满园春花报春归。

注：癸巳年春分，雪花飘舞，令人精神振奋，遐想飞思，憧憬美好春光。

微信赞

二〇一三年三月二十六日

网络通世界，微信真如神。
天南与海北，地球一小村。
此地话出口，彼处即知云。
书信墨尚濡，鸿雁已飞临。
喜讯齐分享，家事共酌斟。
丽景同欣赏，美文谐诵吟。
冷暖常问候，喜忧共担分。
健康当珍重，事业勤勉询。
海内有微信，天涯若比邻。
但愿人长久，天地一家亲。

注：微信是一种便捷的网络通信联络工具，也是一种新的生活方式。此记初次体验微信之美。

回故乡二首

二〇一三年四月四日

其一 武安暴庄祭祖

清明时节倍思亲，
回归故里步沾尘。
武安城南三一里，
暴庄村西祭祖坟。
父母教诲常诵出，
子孙当记铸德魂。
年年寒食纷纷雨，
处处青山殷殷心。

其二 春游广府古城

兴游广府逢清明，
春雨潇潇添雅情。
环绕九里十三步，
回眸今古两千程。
四郊水阔连天外，
九楼重檐燕雀鸣。
滏阳渊远水澄澈，
荷叶风吹露晶莹。

注：癸巳清明，回故乡邯郸祭祖，游广府古城，成诗二首以记。武安暴庄村乃祖籍之地。父张守财三岁便成孤儿，独立创业。生成五子德辉、仁、芳、义、志，两女玉琴、霞。每年清明子孙回乡祭祖，倾寄思念。

注：广府古城亦称永年城，始建于2600年前，位于邯郸市东北20公里。古城墙周长9里13步，墙高10米，墙厚8米，城内面积1.5平方公里，共有9座城楼。城外有护城河和4.6万亩永年洼环绕。城南有滏阳河流入，素有“引稻千畦，荷香十里”的美称。广府又是杨式、武式太极拳发源地，为闻名遐迩的“中国太极之乡”。

咏杏花

二〇一三年四月八日

如月春光好，
漫坡杏蕊开。
霜飘万树玉，
雪落千川白。
不与桃花竞，
自觉纷沓来。
愿学梅朵品，
心苦亦畅怀。

杏花绽笑颜

注：顺平城东北有万亩杏林公园。农历三月（如月）漫山遍野杏花开放，斯时游园，如入花海仙境，无诗不能畅怀。

赠友锁兄

二〇一三年四月十九日

桃花似锦送佳音，
雨落雪飞迎故人。
但问醪香依旧否，
应知韵影报君心。

注：癸巳年季春，同仁曹友锁兄乘雨雪来访，把酒言欢，作七绝一首题拙著《韵影心迹》以赠。

登易县云蒙山

二〇一三年四月二十日

谷雨乘风上云蒙，
斜阳半挂壑千亘。
静觉双塔诉昨事，
叠翠遗碣祈永宁。

注：易县云蒙山位于县城西 25 公里处，西依紫荆关，东连清西陵，北接燕山，俯瞰华北。因山中常年云雾缭绕，细雨蒙蒙而得名，最高峰北天门海拔 1125 米。山腰处，建于南宋绍兴十四年（1144 年）静觉寺的双塔仍傲然挺立，山脚有古寺遗址。“云蒙叠翠”为古易州八大景之一。登山之日为谷雨节气。

咏春燕

二〇一三年五月二日

红肥绿阔又迎春，
雨燕归来觅故邻。
巢里新雏急待哺，
来年也会哺新人。

注：保定学院行政楼檐下有数处燕巢，每年春天燕子归来寻觅故居哺育后代。

题至亲组诗十五首

其日，忽思亲人深意，年长者有的已故去，当慎终追远，不忘祖德；居远者经年少见，然毕竟血脉相连。故以女儿梦媛之称谓作至亲组诗赠之，每首诗用至亲姓名藏头。

其一 祖父

张家近祖当为先，
守望武安向乾安。
财旺祈求德顺隆，
五男二女子孙繁。

注：祖父出生于河北武安暴庄村，十六岁随族长闯关东，落脚吉林乾安县。育有五男二女。曾开中药行“德顺隆”。

其二 祖母

宋氏家门德淑传，
尚俭功礼杰时艰。
贤妹玉兰花开处，
四世子孙绕膝前。

其三 外祖父

刘宗启源在鸡泽，
文承祖德挥金戈。
增寿荫子苦无悔，
林玮洲连媛都廓。

注：祖母出生于河北邯郸西关。其兄尚俭、尚功，其弟尚礼、尚杰，其妹玉兰。祖母年高德劭，畅享四世同堂之福。

注：外祖父祖籍河北鸡泽西于口村，青年从戎入伍，育有女儿亚林、亚玮，子亚洲。外孙女张梦媛，外孙赵都都（赵京城）。

其四　外祖母

王母慈爱情万千，
月影广袖庇孙男。
琴瑟和谐此生愿，
不计苦辛走北南。

注：外祖母慈爱忘我，唯子女事为大，国内国外子女走到哪里服务到哪里。

其五　父亲

张弓习武十一年，
德崇先圣克己严。
义怀忠孝终无悔，
气度淡然执教鞭。

注：父亲在青岛海军部队当兵十一年，政府行政机关工作二十四年，天命之年转行高校。

其六　母亲

刘家长女持大成，
亚字胜冠耀门庭。
林深自可护芳草，
勤勉赢得众赞同。

注：母亲就业于邯钢集团，后随夫调保定高新区工作。家里家外，单位上下广受赞誉。

其七　大姑

存续承源父母心，
弟兄接踵七子亲。
孝长爱幼堪模范，
善抚赢得众亲尊。

注：大姑玉琴小名存弟，虽为收养，但胜过亲生。孝敬父母，亲爱弟妹，甚受尊重。

其八　大伯

德才俱佳泽股肱，
辉照桑梓家和兴。
儒学传承当为是，
雅趣弄琴夕阳红。

注：大伯学业极出色，1964 年参加高考曾被北京大学录取，但因时代背景影响录入吉林大学物理系，毕业后在白城轻工局任副职，后随父母返籍在邯郸市科技、人事部门工作，对弟妹事业要求高帮助大。退休后参加“夕阳红中老年合唱团”，任乐队指挥兼首席小提琴手，乐在其中。

其九　二伯

德怀广厚尚农工，
仁慈普众有亲朋。
笃信诚恳志坚毅，
忠君孝道俭朴风。

注：二伯心灵手巧，精通多种手艺，勤劳善良，韧忍志坚。

其十 三伯

德聪颖秀举学谦，
芳华身怜不畏难。
慧中表外透自信，
敏思谁敢与争先。

注：三伯聪智、尚学、善交、自信。

其十一 二姑

玉洁冰清众捧星，
霞蔚千山舞瑞风。
从来敢与须眉比，
容纳百川总关情。

注：二姑乃女子不让须眉之典范也。于邯郸市丛台区民政局副局长任上退二线。

其十二 五叔

德和友善四方欢，
志向远大不畏艰。
安顺少劳业精进，
好人一生心自安。

注：五叔热情奔放，广交四海朋友。现任邯郸县交通局副局长。日夜操劳，自得其乐。

其十三 小姨

亚容几多赏雅兴，
伟业登峰步纬经。
更喜明灯凌空照，
好景盛世看京城。

注：小姨亚玮天资聪慧，学业卓著。毕业于中国医科大学，后入伍广州第一军医大学南方医院。先后到美国、瑞典从事医学研究工作，论文发表在“自然医学”杂志上。夫:赵明，子：赵京城。

其十四　舅舅

亚圣儒学唱春风，
洲河苍茫无尽穷。
向来京鲁沪上舞，
前程未必在浦东。

注：舅舅于北京北方工业大学日语专业毕业后，先就业于青岛海信电器，后只身闯上海。2014 年计划到北京发展。

其十五　梦媛

梦圆好梦奏磬音，
媛淑琴雅唱同心。
爱觅芳华得知己，
女儿幸福一家亲。

注：梦媛高考入中国农业大学，后赴英国求学获伯明翰大学投资专业硕士学位。学成后归国。

下扬州诗四首

二〇一三年五月

其一 到长江

乘风作赋下江南，
遥望广陵在眼前。
两岸柳杨一样绿，
只是麦田变稻田。

注：长江两岸风光不同，最大的变化是种麦变成种稻。扬州别称广陵。

其二 个园

细雨轻弹叶似琴，
修竹慢语和如吟。
福禄寿缘修为事，
四季山怀九州襟。

注：扬州“个园”因竹得名。由两淮盐业商总黄至筠建于1818年。细雨漫游，雅莫如此。福禄寿、四季山皆为园中景致。

其三 瘦西湖

瘦西湖上雨潇潇，
杨柳堆烟绿绦绦。
点数五亭十五月，
二十四桥为一桥。

注：瘦西湖亦称秀西湖，位于扬州市北郊，游览区面积约100公顷，5A级景区。五亭桥、二十四桥皆为著名景点。

其四 琼花吟

九州皆晓琼花娇，
三度君临知路遥。
宠辱不惊不献媚，
难离故土守节操。

注：有诗赞扬州市花琼花："淮扬一枝花，四海无同类"。相传隋炀帝三下扬州观琼花。宋仁宗、宋孝宗都曾将其移植都城皇庭内，均不得活，只能迁回扬州。

到北京张裕爱斐堡国际酒庄

二〇一三年六月十日

端阳小憩得轻闲，
雨后京华柳胜烟。
密云远峰白云绕，
爱斐酒庄名斐然。
兴邦实业史标炳，
品重醴泉代代传。
万众欢呼中国梦，
而今神十向月圆。

注：该酒庄位于北京市密云区巨各庄镇。百年前张裕创始人张弼士先生倡导实业救国。孙中山为其题词“品重醴泉”。恰闻神舟十号载人飞船将于次日发射，再探天宫，浮想联翩，赋诗一首。

酒庄一景

初乘高铁

二〇一三年六月十一日

京广高铁贯北南，
征程万里一时还。
风驰电掣龙飞舞，
弹指故乡在眼前。

注：京广高速铁路客运专线全程 2298 公里，是目前世界上运营里程最长的高铁，设计速度每小时 350 公里，2012 年 12 月 26 日全线开始运营。

寄语美术系师生

二〇一三年六月十九日

美好梦想今起航[1]，
术德兼治自图强[2]。
师传业道解疑惑[3]，
生效凤雏勤引吭[4]。
前途漫漫苦求索[5]，
程门立雪当颂扬[6]。
如今盛世风骚领[7]，
锦绣丹青胜齐黄[8]。

注：此为保定学院美术系2013届本科毕业典礼致辞所作。

1. 有感于“实现中国梦，焕发正能量”。2. 《礼记·大学》：修身齐家治国平天下。3. 韩愈《师说》曰：师者，所以传道受业解惑也。4. 晚唐李商隐：十岁裁诗走马成，冷灰残烛动离情。桐花万里丹山路，雏凤清于老凤声。5. 楚大夫屈原《离骚》“路漫漫其修远兮，吾将上下而求索”。6. 宋代著名理学家杨时求学拜师程颐的典故。7. 清代赵翼：李杜诗篇万口传，至今已觉不新鲜。江山代有才人出，各领风骚数百年。8. 齐指齐白石，湖南湘潭人。黄指黄宾虹，黄宾虹原籍安徽歙县，生于浙江金华。

2013届本科毕业典礼记

二〇一三年六月二十日

学府榴红喜满堂，
流苏拨正修眉扬。
典评弟子一千四，
教诵诗书日月长。
焕奕青春逢盛世，
坚守梦想走八方。
放舟海阔志高远，
风正一帆气昂扬。

注：保定学院2013届本科生毕业典礼6月20日在多功能厅举行。校领导为1387名毕业生拨正流苏，颁发证书。

文友雅聚唱和

二〇一三年六月二十八日

学府西邻有阆苑，
群贤毕至觞咏欢。
东南西北文中事，
春夏秋冬诗里缘。
此处轻吟重光曲，
彼间高唱鹏举篇。
又闻牧竖桃源里，
徐送和风润蕙田。

注：是日，保定学院文友数人与市文联主席刘素娥、副主席张劲鹰等小聚畅叙。席间，学院李新老师吟诵五代十国时南唐国君李煜（字重光）千古杰作《虞美人》；赵云耕老师清唱民族英雄岳飞（字鹏举）不朽名篇《满江红》；张劲鹰女士朗诵了自作散文诗《父亲的菜园》。

附：李新诗

奉和张院长即席佳篇（步原韵）

二〇一三年六月二十八日

文联学府古城间，
孟夏薰风相见欢。
烈酒清茶人自醉，
万斛千盏总为缘。
满江红碧蕴佳赋，
乌夜啼吟酬美篇。
忘我羞言功与利，
冰心一片在芝田。

注：次日，李新又致短笺如下：

张院长好！昨日即席，畅快淋漓！学府西邻有阆苑，点清题面。群贤毕至，化《兰亭集序》语典，切题应景。“东南西北文中事，春夏秋冬诗里缘。”此联绝工，道尽骚客心曲。且上下联分从空间时间两处落笔，时空并驭！“此处轻吟重光曲，彼间高唱鹏举篇。”二典一文一武，唐风宋韵，且竟是眼前之雅事，妙绝！“又闻牧竖桃源里，徐送和风润蕙田。”尾联收结真挚，诗家本色。此诗为近来作品中即兴之最，不必更易，免失本色自然。他日刊发，三联望注明我二人吟诗之典为盼。

李新 上

贺张新武、程健佐先生画展

二〇一三年七月十二日

新陈当代起初元，
武运千钧著大篇。
岩裂博涵五岳气，
彩泼尽染四海澜。
健谈水墨兼收意，
佐论中西并蓄间。
油然勾勒拙亦巧，
画帛方寸入千川。

注：保定学院岩彩画家张新武，油画家程健佐画展于当代艺术馆开展。余应邀参观作诗赠二位画家。

初伏夜雨

二〇一三年七月十三日

一伏夜雨送凉风，
梦里依稀听鸟鸣。
后院荷花争栉沐，
洁身自爱品犹清。

注：初伏雨夜，微风习习，晨起出户，顿觉清新。

黑龙江之行诗

二〇一三年七月

2013 年 7 月 18 日至 25 日，结友数人赴黑龙江参观五大连池世界地质公园、齐齐哈尔扎龙湿地、石油之都大庆、牡丹江之源镜泊湖。在哈尔滨市期间，有幸拜访了我中学时代的班主任刘凤洲老师及师母孟校医。乘兴作诗 9 首。

其一 序

应邀驰电赴冰城，
故友小别重又逢。
执手畅言昨日事，
陶然黑水白山中。

注：暑假刚启，挚友仁兄王炳友、郜明芳相邀赴黑，欣然应召。自天津飞往哈尔滨。

其二 从哈尔滨到北安途中

挥手冰城上北安，
白云绿野拥蓝天。
征鞍绿骑虽驽钝，
幸有两旁美人牵。

注：次日中午，乘普客赴北安，虽慢车缓行，但友人兴致盎然。沿途美人松列队左右。

其三 谢师

荷花六月正清新，
北上冰城谢师恩。
拜见躬身三叩礼，
回眸教诲四十春。
传儒授业答疑惑，
沥血呕心铸德魂。
满目青山斟满酒，
一怀敬仰表一心。

注：次日将拜恩师，夜不能寐，作诗两首，聊表寸心。余笔名一心。

其四 致凤洲先生

凤声新老青与蓝，
洲渚江河日月天。
先晓经纶五车载，
生徒驱步四周年。
健谈典数炎黄史，
康盛续航春秋篇。
长念师恩心景仰，
寿如松柏福无边。

注：本诗表达了对老师的敬仰与祝福之情，祝凤洲先生健康长寿。

其五 五大连池

（一）

五大连池湖竟连，
白云绿野上蓝天。
一山一水一锥碟，
三起三伏三百年。
老黑山口喷熔岩，
遮天蔽日尽浑然。
融岩翻滚地皆赤，
树灭鸟绝哭咽言。

（二）

挥泪白龙肠寸断，
毅然舍命护民安。
英雄长啸歌一曲，
留下玉珠五湖连。
湖畔岩喷千锥起，
徐开碟雅似睡莲。
锥碟毕竟无颜色，
艳美稻菽绿浪翻。

（三）

火山杨树看无根，
五大连池传无源。
峰起岩喷云外去，
远丘近壑山无尖。
万般皆有源头在，
道是无源必有源。
漫道沧桑谁主宰，
生息不弃永相传。

注：五大连池景区位于黑河市境内。14座新老时期火山喷发年代跨越200多万年，被誉为“天然火山博物馆”。景区中老黑山等火山口，五大堰塞湖，遍布岩锥、岩碟，有美丽的白龙斩妖魔而始有五湖的传说，并有树无根、水无源、山无尖之“假象”。

五大连池风光

其六 鹤乡之歌

湿地字扎龙，本为鹤故乡。
蛇年大暑日，久慕访天堂。
方阔两千里，娱游四野茫。
天边空寂处，群鹤步悠扬。
振翅腾空舞，争鸣起缓冈。
盘旋掠霭逸，遨放拂天翔。
逐鹤有佳丽，甘辛谁与尝。
君携黄鹤去，盼归诉衷肠。
大爱赋儿女，哺孵责共当。
山盟日月鉴，海誓江河殇。
愿效丹鹤品，相从百岁长。
松间听鹤语，清雅自芬芳。

注：位于黑龙江齐齐哈尔市境内的扎龙湿地，称“丹顶鹤之乡”。1992年被列入“世界重要湿地名录”，总面积2100平方公里。生息繁衍的鱼类46种，昆虫277种，鸟类260种，兽类21种。全世界分布15种鹤在扎龙可见到6种。其中丹顶鹤、白枕鹤、白头鹤、白鹤、灰鹤均为国家重点保护的一、二级动物。

扎龙保护区有放鹤女，负责驱赶丹顶鹤起飞，天际线上放鹤女渐渐出现在广阔天地间，她们的身影是那样的纤弱，但她们的大爱则是那么深沉。

群鹤凌空

其七 大庆油田

大庆美名百湖城，
石油硬汉真英雄。
战天斗地五十载，
甘为祖国献赤诚。
贫油帽子天外甩，
巍巍华夏东方红。
如今欢呼王进喜，
破浪扬帆再远征。

注：大庆——中国工业战线一面永不褪色的红旗，“石油工人一声吼，地球也要抖三抖”——中国工人精神面貌的形象写照。大庆又名百湖之城。

油田韵律

其八 由大庆夜赴牡丹江

百湖苇风泛紫光，
轻鸣翠鸟凌波翔。
龙飞千里行风雨，
晨露初洇牡丹江。

注：夕发百湖城，苇风依依，紫光粼粼。朝至牡丹江，晨曦初上，林海涛涛。

其九 镜泊湖胜景

镜泊胜景叹雄观，
山起水中水绕山。
由昉长白天池涌，
奔泄松江汇牡丹。
瀑布绝奇吊水楼，
疑如天河下人间。
千雷滚滚震千谷，
万马滔滔啸万川。
波溢湟漩出翠湖，
激流直下升白烟。
红罗高举平湖镜，
镇鬼除妖祈瑞安。
勇士纵身龙入海，
书成华夏风流篇。

注：镜泊湖是中国最大、世界第二大高山堰塞湖，位于牡丹江宁安市境内，面积 90 平方公里。镜泊湖源于长白山牡丹岭，经此汇入松花江、牡丹江。吊水楼瀑布位于核心景区，时值丰水期大雨过后，环状瀑布飞流倾泻十分壮观。镜泊湖古有红罗女消灾弥祸的神话传说，今有世界瀑布跳水第一人——英雄狄焕然。

英雄飞流而下

香格里拉普达措国家公园

二〇一三年八月八日

兰秋雨撒藏川滇，
香格里拉魂梦牵。
平地脚登一万尺，
凌高指点白云间。
蜀都湖水映仙雾，
碧塔海波漾翠山。
今日身临当不老，
地平线上伊甸园。

注：香格里拉普达措国家公园位于滇西北“三江并流”世界自然中心地带。以碧塔海、蜀都湖和霞给藏族文化自然村为主要组成部分，海拔3500—4159米之间。其拥有地质地貌、湖泊湿地、森林草甸、河谷溪流、珍稀动植物珍贵资源，原始生态环境保存完好，是一个无任何污染的童话世界。

普达措风光

蜀南行诗四首

其一 成都南下长宁

二〇一三年八月十一日

游罢蓉城过内江，
丹青巨匠有南张。
盐都自贡龙故土，
玉液欢呼走四方。
万里长江从此去，
携从岷水金沙江。
李庄古镇尽娱客，
满巷皆飘白肉香。

注：2013 年 8 月 11 日从成都（蓉城）一路南下，经内江、自贡、宜宾过李庄古镇，到达长宁蜀南竹海。内江是丹青巨匠“南张北齐”之“南张”泼墨画大师张大千的出生地，“北齐”为齐白石；自贡素以千年盐都、恐龙之乡、南国灯城而蜚声中外；宜宾因金沙江、岷江在此会合，而长江至此始称长江，故有“万里长江第一城”之誉。李庄古镇热情好客，“刀口蒜泥白肉”名声远扬。

其二 蜀南竹海忘忧谷

二〇一三年八月十一日

蜀南竹海千峰秀，
忘忧谷深曲径幽。
五叠屏开玉露迸，
九天瀑泻银河流。
绕梁琴畅七贤殿，
石破天惊八仙楼。
泉溅翠竹应起舞，
月摇清露可无忧。

注：蜀南竹海位于宜宾市境内长宁、江南两县交界之处，面积 120 平方公里，共有竹子 58 种 7 万余亩，是我国最大的集山水、溶洞、湖泊、瀑布于一体的原始绿竹公园。忘忧谷是蜀南竹海最著名的景区。五叠屏、九天飞瀑、七贤园、石破天惊等俱为忘忧谷的景点。

其三　龙吟寺观日出

二〇一三年八月十二日

九龙峰耸九重云，
龙尾扶摇龙欲吟。
曦驭太白隐若现，
一轮红日入胸襟。

注：龙吟寺亦名龙尾寺，坐落在蜀南竹海景区内海拔 980 米的九龙山上。是日晨登寺观日出。

其四　青城山

二〇一三年八月十三日

去年拜水都江堰，
今日问道青城山。
君到此山必问亭，
道不外求自怡然。

注：青城山位于四川省成都市都江堰水利工程西南 10 公里，世界文化遗产，世界自然遗产，中国四大道教名山之一。“拜水都江堰，问道青城山”为余秋雨先生游览此地时留下的名句墨宝。道观中有“道不外求”匾一幅，无求不欲，不欲则刚。

武陵丛台

二〇一三年八月二十六日

相和文武天朝同，
争霸战国骑射风。
武陵丛台演鼙鼓，
何时驻戟向安平。
釜阳源本千山外，
太行肇始万岭峰。
二度梅开诚好愿，
夫妻南北短长亭。

注：武陵丛台是古城邯郸的象征。相传始建于赵武灵王时期，是赵王检阅军队与观赏歌舞处。邯郸又是典故之乡，将相和、胡服骑射、南辕北辙、完璧归赵、邯郸学步等老幼尽知。从台之上刻有“夫妻南北”“兄妹沾巾”匾额，为“二度梅”之典意。

额济纳胡杨林深度游记

2013年国庆期间参加西安领袖户外组织的额济纳胡杨林深度游。9月29日从北京飞至兰州，与自西安出发的团队会合。30日晨旅游大巴开始向往之旅。途中且行且思且吟，作诗九首，是以为记。

其一 朝辞兰州

秋雨潇潇寒露凝，
晨曦渺渺夜空冥。
奉君一碗兰州面，
不怕西行千万程。

注：9月30日晨五时起床，秋雨潇潇夜黑如墨。与同行二人去附近街上来一碗正宗兰州名吃牛肉拉面，浑身给力踏上旅程。

其二 过祁连山

千里祁连接青甘，
仲秋草败风野蛮。
疏峰收纳万年雪，
达坂蕴出五彩峦。
花海门源如胜境，
只为盼君凋玉颜。
秋露正凝莘莘子，
盛装起舞待明年。
民勤丰裕富民乐，
河西走廊起阔川。
丝绸之路通今古，
取经大道上西天。

注：祁连山位于青海省东北部与甘肃省西部边境。西端在当金山口与阿尔金山脉相接，东端至黄河谷地，与秦岭、六盘山相连，延绵近1000公里。海拔4000以上的山峰终年积雪。甘、青两省边界上最高峰团结峰海拔5808米，名疏勒蒙古或岗则吾结。

门源县位于青海省东北部与甘肃省相邻，地处祁连山系东端。门源60万亩油菜花海成就了博大壮阔的特有奇观。但“十一”已到丰收季节。

民勤县位于甘肃省西北部河西走廊东北部，民乐地处甘肃河西走廊中段。民勤、民乐皆为丝绸之路上重镇。唐僧取经亦经河西走廊赴西域。

祁连山

其三 张掖丹霞

张掖奇观天下名，
祁连山麓丹霞红。
夕阳岭染七华彩，
旭日霞飞漫碧空。
火海万顷腾烈焰，
刀山千仞戍边城。
古今谁见凤凰舞，
此地孔雀正开屏。

注：张掖丹霞国家地质公园地貌气势磅薄，色彩斑斓，如一个彩色童话世界。曾被评为中国最美七大丹霞之一，中国最美的六处奇异地貌之一。景区内现开发五处观景台。其中四号台观日出，五号台景观称刀山火海，三号台有孔雀开屏，一号台有海贝逐浪等。

张掖七彩丹霞

其四 嘉峪关

早参渤海老龙头，
今拜大漠嘉峪关。
雄踞祁连镇匈奴，
虎眈西域锁狼烟。
河西走廊界中西，
古道丝绸跨万山。
借助天威迎光化，
柔远吐蕃得邦安。

注：嘉峪关为明长城西端第一重关，与东起渤海老龙头的山海关两关连起举世闻名的万里长城。嘉峪关依嘉峪山而建，是河西走廊中、西段分界点，亦为古丝绸之路通关之处，被誉为“天下第一雄关”。嘉峪关由内城、外城、城壕三道防线成重叠并守之势，以内城为主。内城东西开两门，东为“光化门”，西为“柔远门”。

其五 鸣沙山月牙泉

敦煌城下起沙山，
登顶仰息可破天。
山下翠澄有碧水，
名扬四海月牙泉。
漠茫风烈沙鸣哨，
隐婉依稀绕鬓边。
晓澈清泉月渐上，
不涸不溢沙山间。
月泉朝暮几千载，
道是奇绝传有缘。
其首唐僧过此地，
水绝粮断步维艰。
观音微倾玉净瓶，
滴水为泉月正偏。
其二古存雷音寺，
释尊赐水祐民安。
邪魔术士逞凶恶，
搅动狂沙寺没淹。
正必压邪有大道，
世尊甘露化泉湾。
传奇意表善真美，
科技研究当释然。
一判残湖河故道，
二推断裂有渊源。
三曰风蚀水潜涌，
四断凿井石壁穿。
沙岭月泉如肱股，
当惊造物绝世篇。

注：月牙泉古称沙井，自汉朝起即为敦煌八景之一——月泉晓澈。传说之一因观音为救唐僧师徒持紫金瓶滴水成泉，又加七星草可治病，俗名药泉。传说之二是释迦牟尼（又称世尊、释尊）所赐为人们消病除灾的“圣水”。

鸣沙山月牙泉

其六 从嘉峪关到额济纳途中

嘉峪关头揽启明，
东方未晓已出征。
胡杨金塔映霞绮，
红柳丛中驼两峰。
戈壁茫茫过酒泉，
卫星基地喜相逢。
两弹一星国威壮，
嫦娥神舟遨长空。
黑水残壁照西夏，
怪树遗骸哭朔风。
如火斜阳染大漠，
华灯已上额旗城。

注：10月3日，团队自嘉峪关一路北上，先在金塔胡杨林中驻足，一轮红日正冉冉升起，大家兴奋地在领袖户外旗帜下合影留念。在茫茫戈壁上遥望海市蜃楼。突然酒泉卫星发射基地从车行方向左侧映入眼帘，令人油然而生敬意和自豪感。中午时分到达西夏黑城遗址，晚抵额济纳旗。

其七 黑城咏史

西夏筑黑城，
千年史记承。
繁华依古道，
堪与玉门同。
丝路通商贾，
东西响驼铃。
兵家要隘地，
占陷定输赢。
成吉思汗王，
率军自远征。

明差冯大将，
攻陷血屠城。
黑水自荒废，
流沙埋古踪。
相揖七百载，
凭吊无言声。
代有真豪士，
千秋垂赫名。
黑城黑将军，
守护众黎民。

城破先屠子，
免遭敌辱凌。
率兵突厄困，
决战舍死生。
所部皆忠骨，
化为怪树丛。
横眉如虎啸，
立目似鹰冲。
梦里归西夏，
只听风暴隆。

注：黑城遗址位于额济纳旗达来呼布镇东南25公里处，是古丝绸之路上现存最完整、规模最宏大的一处遗址。建于公元九世纪的西夏政权时期，1226年成吉思汗蒙古军第四次南征攻破黑城，公元1372年明朝大将冯胜攻破黑城后废弃。

黑城景区内有一片枯死的胡杨“陈尸”遍野，这就是神秘的“怪树林”。据传，很久以前，有位黑将军在此筑城镇守。此人英勇善战，威名远扬。后来有大兵进犯并截断水源，黑将军率兵突围。出战前黑将军为了不使亲情骨肉受侵略者蹂躏，将一双儿女连同70多车金银财宝全部埋入古井之中。黑将军率领士卒冲出城外，一路拼杀，最后寡不敌众全军覆没于离城西不远的胡杨林中。传说现在的“怪树林”即是当年将士遗骸的化身。

黑城落日

其八 额济纳胡杨林

华夏北疆额济纳，
四方享誉尽胡杨。
胡天八月朔风起，
满树杨叶渐变黄。
及至季秋寒露降，
旦夕披挂黄金装。
沿河千枝皆秋色，
漫野万树尽染黄。
湖绿澄明平似镜，
红衣金树自成双。
天蓝云淡碧如洗，
金叶银枝竞嵌镶。
无愧英雄胡杨树，
笑迎干旱与寒霜。
风沙盐碱愈坚韧，
有泪不弹志自强。
根断皮绽躯匍地，
苦守冰心风范长。
生死不枯一万岁，
傲然冷眼看沧桑。

注：额济纳旗是内蒙阿拉善盟辖下的一个旗，以39万亩胡杨林保护区著称。

胡杨又称胡桐、异叶杨、水杨、三叶树。具有高抗寒、抗旱、抗盐碱、抗风沙能力，“活着三千年不死，死了三千年不倒，倒了三千年不朽”，被誉为“英雄树”。

每年九月底到十月中旬是胡杨树魅力尽展的季节，一夜寒露会骤然把整片的胡杨林全部染黄，游人如织，流连忘返。

额济纳胡杨林

其九 居延海日出

日出居延海，
霞映北疆天。
舟荡红波里，
鸟翔紫瑞间。
红柳看深处，
漠荒望无边。
经天出左旗，
夜半到银川。
挥手从兹去，
重逢在何年。

注：居延海位于额济纳旗北，早在三千多年前是一个水草丰美牛羊遍地的游牧民族的“天堂”。后因额济纳河断流而干涸。2002年开始治理引入黑水河，现水面达38.5平方公里。

居延海日出

偶 感

二〇一三年十月十五日

西阳西下西边沉，
忽满忽缺忽半轮。
雾起雾升雾缭绕，
云飞云渡云缤纷。

注：季秋时节，傍晚时分，暮归途中，触景生情。

观高雅艺术进校园有感

二〇一三年十月二十三日

高雅艺术进校园，
喜迎国粹京三团。
唱念做打暑寒苦，
生旦净丑行当严。
锁麟囊里说贫富，
三岔口上辨忠奸。
黄河入海白日尽，
玉镯拾起结良缘。

注：2013年10月23日下午，“2013高雅艺术进校园”国家京剧院三团走进保定学院。首先以王之涣《登鹳鹤楼》诗为例普及了京剧基本知识，然后演出了折子戏《三岔口》《拾玉镯》《锁麟囊·春秋亭》。师生既得到了京剧常识的普及，又享受了高雅艺术的品位。

申评研究员答辩通过

二〇一三年十二月一日

投身高校过双年，
申报社科研究员。
应召赴石去答辩，
评委诘问仪威严。
沿海战略建强省，
专业合作助农篇。
答罢旦夕怀忐忑，
忽传通过心怡然。

注：2013 年 11 月 28 日应通知去石家庄市农业科技培训中心，参加社科系列研究员答辩。12 月 1 日据悉此次申报评审通过。经过两年半不懈努力终获成功，年过半百，尤在赶考，有志事成，感慨万千。

本人申报的是应用经济专业。省社科院评审答辩组织工作非常严谨规范。其中材料评审占 70 分，答辩占 30 分。答辩公共题我抽到的是“沿海战略对建设经济强省的重要意义”。专业题是“对发展农民专业合作组织下一步的建议”。专业题是申报材料中与蔡志荣、高颖等老师承担的省社科课题中的一部分。

贺勇山兄荣退二线

二〇一三年十二月四日

王者归来尚挽弓，
勇士胸胆酒酣浓。
山重水复柳依岸，
兄弟桃源舟下逢。
荣耀锦衣石佛壑，
退攻取舍亦英雄。
二月春雨何潇洒，
线舞竿抛伴杏风。

注：是日，保定市公用事业局长王勇山荣退二线，邀众挚友为贺，余作藏头诗一首并书赠之。勇山生长于狼牙山北麓石佛沟口的菜园村。

贺《马家大院》家庭电子杂志诗三首

欣阅马誉峰市长家庭电子杂志《马家大院》（纸质版），不胜荣幸，收获颇多。得以从一个侧面了解马氏家族历史及现状，学习马家传统，感染马家亲情。遂草撰古风三首，以表心怀。

其一 马氏家族

马氏家族渊流远，
和谐兴旺福满堂。
文明积淀承儒道，
爱党报国矢志长。
忠孝传家明大义，
礼仪待友贵谦祥。
勤劳勖勉成宏业，
一脉亲情连四方。

注：马氏家族源远流长，家风淳朴，业绩辉煌。堪称和谐、文化、爱国、忠孝、礼仪、勤俭、亲情之家。

其二 《马家大院》

马家大院绽奇葩，
海角天涯共一家。
文苑淡描四季事，
诗坛浓写春秋花。
简牍追溯往昔史，
相册载承嘉韵华。
墨迹丹青抒胸臆，
语丝集锦慰心涯。

注：《马家大院》乃马家文化园地，为家庭电子杂志，并定期出版纸质版合订本。图文并茂，内容丰富。设有文苑、诗苑、文献、相册、墨迹、语丝等栏目。

其三 马家兄妹

马家兄妹俱英才，
宗继凤延续誉丛。
凯奏长歌向胜利，
国旗漫舞东方红。
炜煌纵马护华夏，
峰岭保州牧恪恭。
纯净天然去雕饰，
辉宏常向大院逢。

注：马家兄妹六人按誉字排名凯、国、炜、峰、纯、辉，祖父马凤岗，父亲马延芹。

清雍正帝赐直隶总督唐执玉“恪恭首牧”。

炜煌：辉煌。

年度集中听课

二〇一三年十二月十一日

集中听课赴一线，
推动教学开论坛。
新助讲授演五课，
听查看写详调研。
奋铎倾力重成效，
运斧诚心真率言。
促建协同鼓斗志，
迎评万众谱新篇。

注：根据《保定学院课堂教学建设论坛实施意见》，从 2013 年 12 月 9 日起，学校安排 2013—2014 学年集中听课周活动。全体院领导参加听课。新任老师上好“过关课”，助教上好“提高课”，讲师上好“优秀课”，副教授上好“示范课”，教授上好“精品课”。集中听课把握“听、看、查、写”环节，同时进行教学观摩，集体反馈，整改提高。目的是提高广大教师的教学水平，推动人才培养模式的创新与改革，也是“迎评促建”的重要内容之一。奋铎：指教师精心授课。运斧：指听课人员中恳评析

贺赵小海先生获金奖

二〇一三年十二月十五日

小中见大黑白间，
海噬山陬纳百川。
先付悬梁锥刺苦，
生成明月照松间。
意得万古光华夏，
国粹千秋耀宇寰。
金露正凝直隶府，
奖牌高挂恒山巅。

注：2013 年 12 月 8 日在第九届佛罗伦萨国际艺术双年展——罗伦佐颁奖典礼暨闭幕式上，由中国美术家协会副主席陶勤女士推荐的国画家赵小海荣获本届双年展纸上类作品一等奖。12 月 15 日，小海先生在河北保定中银酒店举办答谢酒会，余即席赋诗致贺。

和墨行斋甲午元日诗

二〇一四年一月一日

仓颉记事创图腾，
祈祷文昌耀世宗。
汉字听誊承祖脉，
草章编凑待酬声。
佳节二校时寡酒，
子夜贺年尚掌灯。
丑陋新人羞掩面，
君挥朱笔即雍容。

注：学校文友崔福林教授甲午元日子夜收到我的贺年短信，作诗一首致本人，遂步原韵酬和。

附：墨行斋诗

仓颉始设龙蛇舞，
文运隆昌礼义明。
汉字听写彰华脉，
珠玑律成奏金声。
嘉节美馔诗伴酒，
挚友殷询韵天成。
何堪异国逢陌路？
紫毫轻挥即乡情。

注：甲午元旦，德义院长《字韵诗魂》二校中以成，并祈教正。

酬李新元旦诗

二〇一四年一月二日

拜读李新老师元旦贺诗，甚喜。叹才俊英姿，感文友亲情，和复片言，以表情怀。

德馨艺湛继苏风，
义气挥扬事竞成。
酬志担当期雅俊，
和鸣正待雏凤声。

注：李新读和诗后回复："多谢张院长！复以嵌字藏头格律绝酬答和诗，兼以文言题序，感佩不已！德馨艺湛，晚辈岂敢，继苏风，惟愿此生效法之。期雅俊，感君厚谊！和鸣正待雏凤声，分用诗经及李义山语典，推赏后学矣。受教，很感动！一定继续努力！"

附：李新诗

张院长：

七言律绝一首寄上，愿张院长在新的一年里心想事成，吉祥如意！

二〇一四年一月一日

李白桃花翦翦风，
新春将至祝福浓。
问君几许登临志，
好景长存宏愿中！

谢伯乐之恩

二〇一四年一月十二日

马蹄声近望飞尘，
为感旧恩赴石门。
矿管开天功业举，
政通动岳友情真。
年高德劭众崇仰，
忝列门墙自正身。
燕赵夕阳无限好，
河汾门下有来人。

注：与友赴石家庄看望老领导感赋。

贺沉香御品馆宏张

二〇一四年一月十八日

东南霞蔚起朝阳，
方寸雕琢泛瑞光。
紫气微薰莲蕊座，
玉泉清溅古筝扬。
沉思千载凝钟乳，
香畅三丹绕画廊。
御赐笏袍且拂袖，
品茗竹影自沉香。

注：2014 年 1 月 18 日，沉香御品馆宏张古城，且邀宜兴紫砂大师作“东方紫玉论坛”。有幸赴会，藏头（东方紫玉沉香御品）吟咏，调声成律。沉香被誉为植物中的“钻石”，它集天地之灵气，汇日月之精华，蒙岁月之沉积，以至极品可达三倍于黄金的价值。其来源为：沉香树受到自然界的伤害（雷击、风折、虫蛀等）或人为破坏以后，在自我修复的过程中分泌出的油脂受到真菌感染，所凝结成的分泌物就是沉香。有的沉香经清理残木质后显钟乳、石笋状。沉香既是名贵中药，也是高档香水不可或缺的原料，也可制成高级薰香。

甲午春节自吟

二〇一四年二月一日

马嘶甲午啸春风，
自励奋蹄愧碌庸。
两鬓如霜心不老，
一毛鹤立寿眉中。

注：农历甲午年春节又至，感韶华易逝，然胸怀不老,眉间一毛挺出，自信长寿当奋蹄。

甲午元春到定州

二〇一四年二月十三日

残雪倚阴亦待春，
刁风鼓瑟起灰纷。
中山故垒东坡酒，
易水萧风壮士魂。
躬谒大成尊孔圣，
笔参造化仰明伦。
开元千载知兴废，
自有双槐蔽后人。

注：农历甲午年正月十四，结友去定州访故人。残雪零落，风瑟侵衣。傍晚时分乘兴再游定州文庙、贡院、开元塔。二句引杜甫《小至》“刺绣五纹添弱绒，吹葭六管动浮灰”典意。贡院内有魁星楼匾额“笔参造化”。文庙、贡院分别有东坡、乾隆手植双槐，风雨千载尚枝繁叶茂。壮士：指荆轲。明伦：明伦堂，多设于文庙、书院、太学、学宫正殿，是读书、讲学、弘道、研究的场所。

参观保定留法勤工俭学纪念馆感怀

二〇一四年三月十一日

闭关自守社稷危，
外患内忧国势岌。
天下兴亡为己任，
重洋远涉法兰西。
勤于工作日磨炼，
俭以求学夜苦习。
教育救国怀赤胆，
改造社会释胸疑。
十月革命炮声响，
五四运动风啸急。
借助他山攻玉石，
民主科学两面旗。
波涌南湖腾巨浪，
镰挥井冈翻旌旗。
长征抗倭云水怒，
建国大业风雷激。
改革开放彰特色，
科学发展筑宏基。
万众同呼中国梦，
中华复兴竟可期。
百年风流数英烈，
留法精粹立潮汐。
载舟覆舟忆古训，
党群鱼水永不离。

注：是日，在党的群众路线教育实践活动中，学校党委组织参观留法勤工俭学纪念馆，感怀以记。

毛泽东十大气质诗

二〇一四年三月十二日

英雄虎踞韶山冲，
天下何须问隆中。
求真开辟革命路，
自信人生二百冬。
善事学思谋断处，
率性不与法海同。
倔强独傲悬崖雪，
幽默笑谈凯歌隆。
风雅何逊唐宋祖，
平民领袖毛泽东。

注：近日敬读《毛泽东气质》一文，更加激发对领袖的景仰之情。遂斟酌推敲以气质词语加毛泽东诗词名句，力求起承转合，气脉贯通，歌颂一代伟人之雄才大略及辉煌人生。

由“英雄”气质联想到少年毛泽东《咏蛙》，“独坐池塘如虎踞，绿杨树下养精神。春来我不先开口，哪个虫儿敢做声。”以及“虎踞龙盘今胜昔，天翻地覆慨而慷”。

由“天下”气质联想到毛泽东志存高远，胸怀天下的远大抱负，引申至诸葛亮的“隆中对”。

由“求真”气质联想到毛泽东把马列主义普遍真理与中国实际相结合，开创了“农村包围城市，武装夺取政权”的中国革命道路。

由“自信”气质畅想“自信人生二百年，会当击水三千里”的励志名句。

由“善事”气质表达了毛泽东善学、善思、善谋、善断、善处的深厚修养和思想方法。

由“率性”气质句表意为毛泽东敢爱、敢恨、敢为，毫不做作的率性。并引1958年毛泽东看《白蛇传》，当看到法海阻挠白娘子和许仙成婚非常气愤，演出结束接见演员时，竟不与“法海”握手。

由“倔强”气质词联想到“雪压冬云白絮飞，万花纷谢一时稀”，“已是悬崖百丈冰，犹有花枝俏”诗句。

由“幽默”气质词联想到“可上九天揽月，可下五洋捉鳖，谈笑凯歌还”。

由“风雅”气质词自然联想到“惜秦皇汉武，略输文采，唐宗宋祖，稍逊风骚，一代天骄成吉思汗，只识弯弓射大雕。”

由“平民”气质词贴切地表现了毛泽东乃一布衣书生，始终与人民群众在一起的平民领袖风范。

早春赴衡水二首

二〇一四年三月二十日

其一

杏花蓓蕾映桃城，
风暖拂颜诉故情。
柳枝如丝春色早，
杨梢喜鹊筑巢鸣。

其二

懂知蕴藉五车功，
晓畅启明北斗星。
宇宙运行无限事，
为民尽瘁不图名。

注：是日，赴衡水（又称桃城）看望故朋，途中但见杏花初放，柳绿杨缨，鹊声阵阵忙修巢，即景赋诗。故友应声唱和，乃又作藏头七绝一首，赞誉并助兴。

附：故友和诗一首

曾忆京畿助力功，
不忘太行有和声。
衡湖春早白干烈，
教诲依旧耳畔鸣。

偶 吟

二〇一四年三月二十五日

斗室逢春意自清，
蓬勃兰叶郁葱葱。
小山两座逢新雨，
锦鲤三条姿更盈。

注：当日下午打扫斗室，春风穿堂，兰叶勃发，盆景中两座小假山清洗一新，三尾锦鲤游弋更欢。

《成语英雄三人行》观后并贺李新先生顺利晋级

二〇一四年四月八日

成语英雄论霸雄，
李新信手掠簪缨。
铿锵纵论东坡赋，
妙语评析居易风。
窦氏欢颜攀故里，
王蒙颔首溢嘉情。
文忠师长同名姓，
笑对方家自雅容。

注：李新老师参加河南电视台《成语英雄》选拔赛以唯一不失一分的成绩胜出，被冠以“成语恐怖分子”。在2014年4月4日窦文涛主持的《成语英雄三人行》专题节目中，三位名家对年轻选手李新大加赞叹。窦文涛先生以母亲是保定人而称李新为老乡；王蒙先生毫不掩饰嘉许，称李新讲的苏东坡史事全然不知；钱文忠先生竟以其中学语文老师与李新同名同姓而爱屋及乌。李新在节目中谈笑风生，从容自如，三位名家称其苏东坡附体。李新还以白居易《赋得古原草送别》在课本中被腰斩后四句而请教三位名家。

观《出彩中国人》总决赛

二〇一四年四月二十日

出彩中国誉四方，
豪杰尽展艺非常。
藏家武动初升日[1]，
风古流长自奋强。
韵味东方钢管舞[2]，
飞天梦幻凌空航。
十年磨剑珍珠熠[3]，
穿越时空秦勇当。
虽败犹荣钟不悔[4]，
平衡定律万古长。
自由杂技尊凌睿[5]，
倦鸟归巢盼返航。
梦想放飞遨宇宙[6]，
聪发才俊梦军强。
琴痴中阮满天籁[7]，
四韵乡愁梅雪棠。
技巧精灵浑似梦[8]，
江苏三女绽铿锵。
兰新召唤楚喻返[9]，
慈母盼归苦泪伤。
华夏精英出巨彩，
炎黄儿女竞飞扬。

注：《出彩中国人》总决赛共有九组节目参赛，最终中阮琴痴冯满天夺冠。

1. 由平均年龄 13 岁的藏族孤儿武艺班表演《红日初升》。

2. 周钧表演钢管舞，东方韵味浓郁，仿佛敦煌飞天如梦如幻。

3. 原黑豹乐队主唱秦勇倾十年心血培养身患重病的儿子大珍珠，如山父爱，《穿越》时空。

4. 平衡大师钟荣芳用 16 根树枝 3 根牙签表演平衡术失利，但虽败犹荣。

5. 海外赤子凌睿表演自由杂技《故国沙》，展现力与美，倦鸟已盼归巢。

6. 航模天才何聪发，遨游太空穿越千年，放飞强军强国梦想。

7. 中阮琴痴冯满天坚守民族音乐，三十年不离不弃，花光全部积蓄。一曲《乡愁四韵》，不愧《龙的传人》。

8. 江苏三女表演的中国技巧，如梦之精灵，铿锵玫瑰。

9. 监狱干警兰新帮助程楚喻浪子回头，终以悔罪的《脚步》，回归母亲的家园。

登庆都山

二〇一四年四月二十七日

甲午三春绿太行，
风清云淡沐骄阳。
庆都遗爱灵源渺，
尧帝恩泽赤县泱。
信步峪山思北岳，
徜徉圣水怀陶唐。
杨柳映波波愈碧，
槐花伴酒酒弥香。

注：庆都山位于保定西部唐县县城东北，建有唐尧文化园。史书记载：尧山在北，尧母庆都在南，唐尧幼年随母庆都长居此地，庆都山上有唐代“灵源寺遗址”，山下圣母湖碧波荡漾，湖对岸是峪山，山势平缓，红白两色槐花竞相绽放。

欣闻习总书记给我校西部支教毕业生群体代表回信感赋

二〇一四年五月四日

开发西部起波澜，
保定师专涌众贤。
丝路教书驰骏马，
青春安放策长鞭。
呕心荒漠发新绿，
沥血高原生紫烟。
复信激扬精彩梦，
格桑红柳舞蹁跹。

注：2000年保定师专毕业生响应国家西部大开发号召，毅然投身新疆且末县支教。至今年我院已有近百名大学生投身新疆、西藏、四川、重庆等西部地区任教。十几年来，他们犹如格桑花和红柳一样坚守西部，无一人退缩。今年“五四”节前夕，习近平总书记复信，勉励青年朋友书写别样精彩人生。

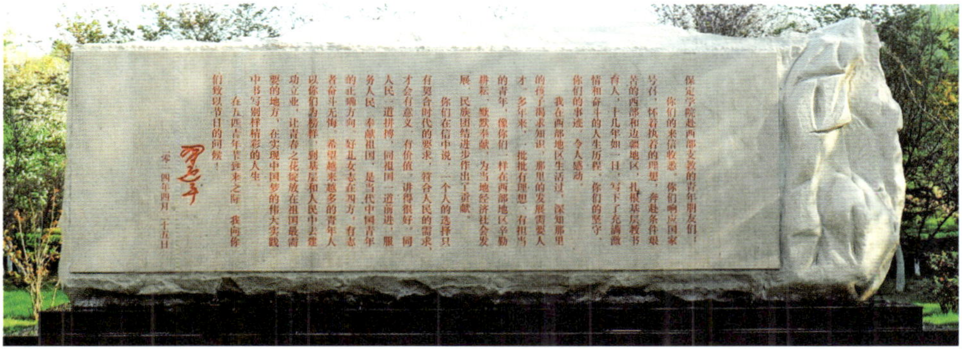

总书记回信石 米建军摄

和世斌先生

二〇一四年五月十六日

浩达斗酒更从容，
兄弟友情诗墨浓。
直舞狼毫如画戟，
顿飘风雪万千重。

注：是日与世斌等同志雅聚浩达寓所。席间，世斌挥毫泼墨，因全神贯注竟至笔杆折，遂直执笔毫狂舞成章。席散，世斌赠诗一首（其一），予和一首，世斌再赋一首（其二）。

附：世斌先生诗二首

其一

兰亭信步也从容，
更有白鹅映水清。
剪取竹尖堪作笔，
芭蕉叶上写黄庭。

其二

闲来几盏倍从容，
佳句初成翰墨中。
他日重邀齐弄笔，
一波一划一生情。

致国赤同志

二〇一四年五月二十七日

好风丽日耀佛堂，
国梦复兴镂鼎章。
赤县旌旗犹猎舞，
君心衣带渐宽长。
安调琴瑟知习雨，
守恪黎民耕裕昌。
正论扬帆抒壮志，
道弘忘我润沧桑。

注：当日，结友去阜平看望老友郝国赤。阜平有石佛堂景点。习总书记亲自到阜平考察扶贫工作。直隶总督署内有“均衡笃祜、调鼎凝厘”“恪恭首牧”匾。

《诗品端午·词话中国》即席赋

二〇一四年五月三十日

中华上下五千年，
文渊史远一脉传。
师崇德敬承孔圣，
生精修业志胜蓝。
诗品端午屈子赋，
词话中国太白篇。
盛集雅坛鹤碧静，
会合古风文思岚。

此诗又为藏头诗。后经调格成七律如下：

中华上下五千年，
文史渊源一脉传。
师道敬德尊孔圣，
生精修业胜于蓝。
诗品端午屈平赋，
词话中国太白篇。
盛咏雅坛思碧静，
会合格律鹤文岚。

注：应邀出席保定学院中文系“诗品端午·词话中国”大赛，临场即兴吟诵此诗。参赛的六支代表队分别是鹤鸣、碧霄、静女、文心、思齐、岚初。

群雄逐鹿

咏君子兰

二〇一四年五月三十一日

君子乐侍君子兰，
君子初蕾感君开。
君子兰放待君子，
君子泰然君子来。

注：办公室养君子兰一盆，历两载又半岁默默无声言，今日忽然绽蕾，欣喜异常，然花开夹箭，急调昼夜温差，终至灿然，偶得此句。

端午品杏

二〇一四年六月二日

季春赏杏花，
端午品仙果。
色胜丹桔艳，
味甘食勿多。

注：端午节顺平农民朋友大根送来桔黄色杏果，个大味美，回忆三月前去赏杏花，随口吟来。

题中国成语大会

二〇一四年六月十五日

中华百世著宏章，
国运复兴追梦强。
智者思谋传万古，
慧师策略谱群芳。
自当国风九州舞，
成就春秋一脉扬。
语解经籍竹简载，
境描典故鼎铭藏。

注：2014 年初夏，《中国成语大会》在央视一套热播。其宣传口号“中国智慧，自成语境”。比赛由“国风队”、“春秋队”对阵。

贺福林教授之子高校执教

二〇一四年七月十日

福并喜双仲夏天，
林荫雨骤乐田园。
醒来南阳分天下，
群彦争雄起阔澜。
子语担当三十立，
承接华夏五千年。
父期龙跃嘱殷切，
业绩精勤青胜蓝。

注：同事崔福林之子崔醒群研究生毕业后子承父业，被招聘到保定学院执掌教鞭，余心下甚喜。其日，置筵田园酒家小酌共庆，大雨不期骤至，乃乘兴赋此诗。

参观柳江地质博物馆记

二〇一四年八月十八日

解甲始结矿管缘，
时光稍纵廿七年。
柳江盆地常入梦，
忽效秦皇来求仙。
五代同堂弹丸地，
地学澹澹集大全。
莘莘学子争向往，
谦谦师圣精修研。
纵辖地史廿五亿，
横抚华厦八大关。
气象万千看环宇，
惶惶灾难履深渊。
保护利用正并举，
实习科普相融兼。
利民利国利千秋，
业举业兴业卓然。
大河桥连石门寨，
双象汲水陂塘澜。
板厂峪狭寻史迹，
长城砖窑首观瞻。
灵仙洞幽藏鬣狗，
董家山巍升狼烟。
十剑峡挺入云里，
九道缸深涌飞泉。
巉崖燕山从此起，
逶迤长城肇始端。
夕阳重峦霞满目，
老酒千盏送我还。

注：暑假将结束，忽作决定参观地质学著名教学科研基地——秦皇岛柳江盆地。其位于秦皇岛市北约 15 公里，荟萃了新太古时代至新生代中国华北地区二十五亿年、五个地质年代地质现象之精华。先后参观了地质博物馆、石门寨双象、板厂峪长城砖窑遗址、灵仙洞鬣狗化石、董家山长城、十剑侠、九道缸、飞瀑龙泉等。

柳江盆地

赠新生同志

二〇一四年十月二十七日

黑白分界划天然，
红绿相和大雅间。
南域青黄嘉树好，
神农尝草五千年。
杨叶霜清怀早绿，
新枝露润抱壶还。
生香投放些几许，
泽地芳华胜翠泉。

注：杨新生老师知茶道，善茶艺。是日煮茶论道，略授余常识一二。茶按颜色分为黑白、红绿、青黄等。

题《保定学院思想政治教育研究成果汇编》

二〇一四年十一月十九日

民族希望大学生，
社稷未来必复兴。
思想武装修赤胆，
师德建设树标兵。
辛勤耕作培膏土，
沥血呕心育俊英。
笃志研究结硕果，
甘霖润物喜无声。

注：学院学生处孙会军同志主编该书，要求我写个评语类的东西，遂按七律之格填此诗。

迎接专家进校评估

二〇一四年十二月八日

迎评苦战四周年，
踏雪专家进校园。
深度访谈悉大略，
集中巡视溯渊源。
细听精阅察师表，
恳议诚评馈雅言。
四三二一兴伟业，
凯歌高奏尽欢颜。

注：2011年保定学院启动迎接教育部本科教学工作合格评估，2013年7月加速。2014年12月7日（农历甲午年十月十六日，大雪节气，无雪），教育部专家组莅临考察。专家进校后将通过听取汇报，集中考察，深度访谈，听课看课，查阅试卷论文等各种资料，召开各类座谈会等，最后评议反馈意见。

“四三二一”为评估目的——四个促进（经费投入、办学条件改善、教学管理规范、教学质量提高），三个基本（教学条件基本达标、教学管理基本规范、教学质量基本保证），二个突出（应用型人才培养、为地方经济和社会发展服务），一个引导（建立和完善教学质量保障体系）。

贺亚林五十二寿辰

二〇一五年二月二十三日

甲午神驹蹄渐近，
乙未金羊踏歌还。
春来雪舞丰年兆，
岁去云翔喜宴欢。
弟妹奉觞揖姊寿，
尊慈颔首乐开颜。
平安康健叙心曲，
长聚老檐共苦甘。

注：乙未正月初五，适逢夫人刘亚林五十二寿辰，作此为贺。

沐浴白洋淀华润温泉城

二〇一五年三月一日

浩荡春风洗碧天，
一池绿水起白烟。
修竹唱和乘风舞，
岸柳拂摇弄瑟弹。
灵鹊畅鸣舒剑尾，
丽人浅咏绽花颜。
骄阳漫洒泉更暖，
仙境谁知在此间。

注：是日，保定晴空万里，实难得一见之蓝天，驾车赴白洋淀温泉城。

时值正午，天空一碧如洗，春风鼓舞翠竹，温泉波烟如仙雾缭绕，一只喜鹊池边欢唱，恰如仙境一般。

滇西南游诗四首

2015年3月3日至7日，农历乙未年正月十五前后，随队先后到云南最西南端的德宏芒市、畹町、瑞丽口岸、天涯地角、腾冲等地游览，随笔作诗4首。

其一 序

二〇一五年三月三日

金羊开岁送春风，
展翼西南下腾冲。
文浩携团凝众力，
诚邀三友显真情。
子时吹响集结号，
寅末抵京觅木星。
朝望燕山寒意重，
午觉芒市暖风融。

注：因首都机场每天飞芒市只有一个早7点40分的航班，所以深夜出发3点30分即抵首都机场1号航站楼。飞机在寒风凄凄中正点起飞，中午12点许到达芒市，这里已是二十几度的气温，满目葱碧，百花盛开了。

觅木星：凌晨三、四点钟天空最亮的是木星。

其二 畹町凭吊

二〇一五年三月三日

赴滇首日到畹町，
凭吊英雄悲绪萦。
回望长河七四载，
豪杰十万壮远征。
抗倭铁骑仰天啸，
沙场驰骋显赤忠。
滇缅蜿蜒千里险，
丰碑无字垂英名。

注：1941年12月23日中英签署《共同防御滇缅路协定》。为支援英军在滇缅抗击日本法西斯并为了保卫中国西南大后方，组建了中国远征军。1942年初，十万中国远征军跨过畹町桥进入缅甸，浴血奋战，屡挫敌锋，使日军遭受沉重打击，同时远征军也付出了极大的代价。建于1938年的滇缅公路总长959.4公里，它翻山越岭十分雄险，是当时日寇铁蹄下的中国与外部世界联系的唯一运输通道。

其三 腾冲热海温泉

二〇一五年三月六日

游遍天下觅神泉，
热海挺身自敢担。
四面青山云漫舞，
三川幽谷雾蹁跹。
银剑频射蛤蟆嘴，
铁釜常开煮玉丸。
暖日金辉池竞浅，
温泉碧透花争妍。

注：腾冲热海位于县城西南 20 公里处，面积为 9 平方公里，有较大的气泉、温泉 80 余处，有的水温 90℃以上，其中最典型的是大滚锅，昼夜翻滚沸腾，游人买草绳捆好的鸡蛋，放入其中，少时即熟，味道香甜。还有蛤蟆嘴脉冲喷泉，流传着“蛤蟆精与美女”的传说。

热海大滚锅

其四　和顺古镇畅怀

二〇一五年三月七日

和美荣华六百年，
顺达中外耀黄炎。
丝绸古道通天路，
千手观音自下凡。
蜚声中外图书馆，
琥珀牌坊玉作砖。
大众哲人应笑慰，
复兴伟业正相传。

注：和顺古镇位于腾冲西南 4 公里处，是一座历史悠久始建于明朝的汉族古镇，居民大多是明初到云南从事军屯、民屯之后人，古丝绸之路重镇，距今已有 600 余年历史，物华天宝，人杰地灵，素有“琥珀牌坊玉石桥”的美誉，是云南著名的侨乡。2005 年获中国十大魅力名镇称号。镇中有陷河湿地、千手观音古树群、中国最大的乡村图书馆、大众哲学家艾思奇故居纪念馆等著名景点。艾思奇所著《大众哲学》据说在 20 世纪 30 年代、40 年代年代曾动员了不下 10 万青年参加革命。毛泽东为他题字“学者、战士、真诚的人”。

和顺图书馆

艾思奇纪念馆

博野赏梨花诗二首

二〇一五年四月八日

铿锵古梨

其一

千红犹自喜梨花，
年复一年杏月发。
古木万枝十里雪，
县城西廓有冯家。
生香不与梅争俏，
态势敢和柏竞华。
博采众长凝玉品，
野云闲鹤尽游侠。

其二

观花独爱梨，
淡雅不争奇。
春色他人报，
秋实心自怡。

注：是日，应邀参加保定博野县美丽乡村生态旅游文化节——古梨树群授牌仪式。古梨树群位于博野县城西 4 公里冯庄村，有古梨树 8 万株，树龄最长的约有千年。由感而发此藏头诗。

博野古梨树群

题赵云耕先生赠毛全本黑纸扇诗

二〇一五年四月十七日

毛竹刚劲本为梁，
破篾万根也不妨。
携手唤来桑皮纸，
黑柿蒙面自风凉。

注：云耕先生赠毛全本黑纸扇一把。黑纸扇品种有“全棕”“毛全本”“早棕本”“二全本”。“毛全本”扇骨全部采用三年以上冬季采伐的毛竹为原料制成。以桑皮纸为面，刷黑柿漆防水。

于华中美术馆拜会范曾、陈佩秋先生

二〇一五年六月十三日

直隶夏初日当空，
九洲巨擘莅华中。
佩秋翰墨冠南北，
十翼儒学布西东。
道法自然怡自在，
文明守望慨持恒。
沦肌浃髓一席语，
吾辈听雷振聩聋。

注：2015年6月13日，古道照颜色·陈佩秋、刘波书画联展暨谢稚柳先生作品观摩展在华中美术馆隆重开幕。上午10点30分“守望文明——陈佩秋、范曾艺术对话”在热烈的气氛中进行。本人有幸应邀参加上述活动，并拜会范曾先生与其合影留念。陈佩秋，字键碧，1922年12月出生，国画大师。范曾，字十翼，1938年7月出生，当代书画国学泰斗。范先生即席解“道法自然”：“自然”者，自在怡然也。

拜会范曾先生

南疆行二首

其一 南疆随记

二〇一五年十月十九日

秋风展翼飞新疆，
西域广袤好地方。
三山横亘东西贯[1]，
两盆盘踞万古荒[2]。
昆仑天山阿尔泰，
塔准巨钵天可装。
流动沙漠塔克干[3]，
古道黄海滚浪长。
戈壁胡杨三千载[4]，
沙漠红柳万丛芳。
塔里木河五千里[5]，
哺育绿洲牧牛羊。
开都九曲十八弯[6]，
汇入博湖阔如洋。
和田美玉且末上[7]，
天边小城寻玉王。
梦中草原称和静，
天鹅故乡骝天堂。
吐番葡萄哈密瓜，
库市香梨塔城羊。

注：按照学校安排随队赴新疆且末慰问支教毕业生，对新疆特别是南疆加深了了解。此行单程万里，纵穿塔里木盆地，对“不到新疆不知中国之大”有了切身感受。此诗用白描手法，记录了所历所见所感所悟，作于乌鲁木齐飞北京航班上。

1. 新疆自南向北有昆仑山、天山、阿尔泰山三大山系。

2. 南疆为塔里木盆地，北疆有准格尔盆地。

3. 塔克拉玛干沙漠为全球排名第二大沙漠，且为流动沙漠。排名第一的是位于北非的撒哈拉沙漠。

4. 胡杨、红柳为沙漠、戈壁中具有顽强生命力的植物。胡杨更有千年不死，死后千年不倒，倒后千年不朽的盛誉。

5. 塔里木河由发源于天山山脉的阿克苏河、发源于昆仑山的叶尔羌河以及和田河汇流而成。它是中国第一大内流河，流域面积19.8万平方公里，全长2137公里。

6. 开都河源出天山山系的阿尔明山，

大美新疆人更美，
上下马酒扑面香。
抓饭奶茶羊肉串，
米肠面肺烤肉馕。
丝路故镇茶马道，
三十六国渊源长[8]。
一带一路展宏略，
开发开放步康庄。
各族人民大团结，
边疆和谐永安康。

其上游的高山盆地中有全国闻名的巴音布鲁克草原保护区和著名的九曲十八弯。该河全长610公里，东南流注中国最大的内陆淡水湖——博斯腾湖。

7. 和田美玉且末为上，且末号称天边小城、玉王故乡。

8. 西域三十六国是对今玉门关以西地区的总称。公元前138年，张骞奉命出使西域，当时在现新疆境内的有焉耆、若羌、楼兰、且末等。

其二　赞我校赴新疆支教毕业生

二〇一五年十月二十日

西行万里赴新疆，
学子鸣铎在异乡。
红柳情痴恋大漠，
胡杨苍劲映天黄。
玉王故里传佳由，
骏马东归述赤肠。
无悔青春十五载，
育成桃李竞芬芳。

注：此诗作于从库尔勒至乌鲁木齐火车上。且末县称天边小城、玉王故乡，和静县有梦中草原、东归故乡、骏马天堂、天鹅故乡美誉。我院2000届毕业生赴新疆支教至今已整整十五载，媒体以沙漠胡杨、红柳为赞。

到安新官城秋波府

二〇一五年六月二十六日

夕阳浩浩下官城，
张府庭园尽葱茏。
春至遍篱花锦秀，
秋来满院果香浓。
乘云独步诵论语，
竹露松风入怀清。
但愿明年还向此，
随园处处看桃红。

注：余应邀造访同事张秋波先生安新官城村祖宅院。“乘云独步”“竹露松风”为其宅内门头匾额。“随园”为其南院园名。

参加小汤山人大代表培训班

二〇一五年十月二十二日

西归直奔小汤山，
人大组织培训班。
盛世思危尝胆卧，
职责恪守共勉旃。
宏观经济新常态，
预算修规束公权。
依法治国先立法，
提升能力齐攻坚。

注：2015 年 10 月 19 日从新疆归来，直接到北京小汤山参加保定市人大常委会组织的“2015 人大代表和干部业务能力提升培训班”。此次培训共组织了“国际形势与中国周边安全”“以‘四个全面’引领人大代表履职”“宏观经济社会改革形势”“认真执行新预算法”“立法法和地方立法工作”等专题学习报告。

赞综合素质大课堂

二〇一五年十一月十三日

综论诗词集大全，
合成华夏五千年。
素面徽容风雅颂，
质地润泽唐宋元。
大业远征积跬步，
课桌三尺育新贤。
堂堂保院好学子，
高唱一帆风正悬。

《字韵诗魂》

讲座现场

注：余在保定学院综合素质大课堂开讲座“字韵诗魂创作感悟”，以此诗作结。

游满城龙居冰瀑

二〇一五年十二月十三日

北风清冽扫霾星，
燕赵始得澄碧空。
西向陵山寻胜景，
平台幽谷现冰宫。
珠帘倒挂嵯峨壁，
笋塔直排彩练峰。
但愿太行长似此，
冰心素裹看苍松。

注：是日，偶然得知满城区大平台龙居瀑布景区冰瀑蔚为壮观，恰逢保定难得一见碧空如洗，遂邀数友前往一览胜景。在这严寒寥寞的北方冬日，实不乏一好去处。遂作七律一首。

冰清玉洁

为保定作协2016迎春诗会而作

二〇一六年一月二十八日

保府文渊尧典传，
定吟慷慨易水寒。
作戈执笔红旗舞，
协力挥刀雁羽翻。
喜看山河两万里，
迎风长啸太行巅。
新年共话复兴梦，
春满诗坛涌巨澜。

注：2016年1月30日，保定市作协举办第十届迎春诗会暨第四届荷花淀文学奖颁奖典礼。遵刘素娥主席之嘱吟此诗作为本人节目奉献诗会，并以隶书自书之。此诗于微信致朋友圈，崔福林教授欣然奉和，敬录于后。

附：福林先生和诗一首

保府文脉自古雄，
定缘山川毓秀钟。
作箭雁翎金声振，
协力狼豪谱旗红。
喜逢盛世民安泰，
迎取诗心唱大风。
新年局开蓝图展，
春光点染赖高朋。

游津西名镇杨柳青

二〇一六年二月十日

初三闭户不相请，
藉空东游杨柳青。
木版年画甲天下，
莲年有鱼送福情。
石家大院百载史，
京杭运河千秋功。
初春遥想两岸绿，
津西重镇待东风。

杨柳青石家大院

注：一些地方正月初三是祭祖的时日，故忌走亲访友。家人临时动议，驱车自保定东行百余公里游天下名镇杨柳青。中国四大木板年画为天津杨柳青、河北武强、苏州桃花坞、山东潍坊杨家埠年画。石家大院位于京杭大运河流经天津的南运河岸边。具有两百多年历史，是一处规模宏阔的体现清代汉民居建筑独特风格的建筑群。

访金国、建平并祝安吉

二〇一六年二月十九日

付与春秋天命余，
金戈铁马奋蹄疾。
国学儒教铸魂魄，
勇喝蛊虫哪敢敌。
于无声处知寒暖，
建树濡沫承效袭。
萍逢笃定同船渡，
诚愿袍泽化大吉。

注：是年春节刚过，与夫人刘亚林赶赴宁波，看望患多发性骨髓瘤的老同学加战友傅金国。老战友精神坚韧，乐观豁达。祝福他能战胜病魔，早日康复。返程途中作此诗寄情付金国、于建平夫妇。

兰亭怀古

二〇一六年二月二十一日

千秋翰墨仰兰亭，
乘兴演习觞咏情。
曲水茂林诗惠畅，
修竹峻岭笔椽行。
虽然山阴灵杰地，
不聚群贤何盛名。
枉效昔人临法帖，
右军茧纸入昭陵。

注：永和九年（公元353年）农历三月初三，时任会稽内史、右军将军的王羲之在会稽山阴的兰亭（今绍兴城外的兰渚山下），邀请当时的名流雅士谢安、孙绰等41人举行风雅集会。与会者临溪赋诗，其中11人各作诗2首，15人成诗1首，16人未能成诗被罚酒。有人提议将当日所作的37首诗汇编成集，公推德高望重的王羲之写一篇序。王酒意正酣，提笔在蚕茧纸上畅意挥毫，成就了冠绝千古的天下第一行书《兰亭集序》。《兰亭集序》真迹随唐太宗李世民陪葬入昭陵，现传世之作皆为揭摹本。是日游瞻，乘兴怀古。

兰亭碑亭

我家老燕

二〇一六年四月十日

我家老燕喜春泥，
只盼雏声唱暖席。
自晓勤劳家业旺，
翻飞闪跃往还急。

注：是日，文友赵云耕先生在朋友圈晒出春燕筑巢照片，并附“谁家新燕啄春泥”，作此绝句以和。

柳絮杨花之殇

二〇一六年四月二十二日

玉尘本绕腊梅飞，
红瘦绿肥梨瓣堆。
柳絮因风当婉舞，
杨花随雨入葳蕤。
附冠撩面惹人怨，
屐踏帚欺碾作灰。
笑慰后人高百尺，
无声也愿看春归。

注：连日步行校园内，正值杨、柳之花纷飞，似有感悟，反复吟咏，凑成数句。

畅读谈歌先生《绝士》三篇有感

二〇一六年九月十一日

雷霆乍惊电闪急，
秋雨梧桐风淅漓。
绝士三篇初品琢，
慨当以慷拍案奇。

绝士未入百绝篇，
跃然已上嵯峨巅。
刺秦本非荆轲务，
渐离渐近亦非男。
燕丹激将於期死，
风萧萧兮易水寒。
虎视雄哉六王毕，
一介书生何枉然。

大厂卅载曾辉煌，
改革初始多迷茫。
建国苦撑将覆舟，
玉梅辅舵渡苍黄。
讨债追车保郑豪，
斥强怜弱哭毛毛。
唱罢妆成众生相，
一片丹心好儿郎。

天下荒年史有前，
饿莩遍野苦不言。
出生入死铮铮骨，
英雄爱美情思绵。
志河劫粟为乡里，
四邻惊愕叹连连。
路不拾遗不闭户，
领袖人民共苦甜。

停杯投笔意未尽，
抚今追昔心茫然。
谈笑千年人间事，
击筑吟赋高歌还。

注：谈歌先生赠《绝世》，集纳《大厂》《天下荒年》等名篇，余读之甚觉快意，酣畅淋漓。读毕之夜风雨交加，感慨良多，遂根据该册收入三篇妙文之故事梗概，草成诗句，权作读书笔记。

赴定州贺业鹏新任

二〇一七年一月五日

七星盛会聚中山，
千载故国酒欲仙。
业镌鼎文衙署赋，
鹏飞更待东坡篇。
废兴青史有才俊，
忧乐江湖期大贤。
霾重心田存净土，
小寒雪落润玉颜。

注：是日，保定坊间有称“作家七星会”者赴定州，贺七星之一的陈业鹏先生荣任定州市人民政府市长。席间众星“起坐而喧哗”，列次而诵诗，余沉吟片刻，吟此七律。《定州署赋》由业鹏先生所撰，镌刻于复建的定州古城门之照壁之上。

宸宸儿歌（九首）

其时外孙宸宸半岁多，余正值寒假遂可朝夕陪伴，观其一举一动、一喜一笑，为其量身定作了这一组儿歌。

《小翅膀》：宸宸时常手舞足蹈，两只小手臂像小鸟的翅膀一样，小天使呀！

《快乐城堡》：用七彩塑料护栏围成的小空间是外孙的快乐城堡。城堡中防滑垫的图案源自动画片《樱桃小丸子》。

其一　小翅膀

二〇一七年二月

小翅膀，煽呀煽，
振翅高飞上蓝天。
上蓝天，向太空，
摘下月亮和星星。
星星闪，月亮明，
宸宸咧嘴笑盈盈。

其二 大眼睛

二〇一七年二月

小宸宸，帅摸样，
两只眼睛黑又亮。
找爸爸，找妈妈，
爸妈满脸花绽放。
东走走，西转转，
快乐城堡小伙伴。
左瞧瞧，右看看，
小草青青红花艳。

其三 加辅食

二〇一七年二月

宸宝宝，过半岁，
不能母乳单一喂。
要聪明，要长高，
添加辅食少不了。
红薯南瓜土豆泥，
苹果香蕉和鸭梨。
小米汤，加蛋黄，
五谷杂粮最健康。

其四 玩具

二〇一七年二月

宸宝宝，玩具多，
手拉脚蹬乐呵呵。
火车飞，汽笛叫，
鸡鸣鸭舞白兔跳。
蓝猫唱，企鹅说，
猴子捞月拔萝卜。
风铃摇，太空车，
快乐城堡来集合。

其五 快乐城堡

二〇一七年二月

城门开，太阳笑，
哼哼哈哈宸宸到。
绿草地，花狗叫，
七彩城墙白云绕。
樱桃子，小辫翘，
见到宸宸来拥抱。
好朋友，真美妙，
欢欢喜喜把舞跳。

其六 晒太阳

二〇一七年三月

宸宝宝，笑脸圆，
来到房前小花园。
草儿绿，花儿鲜，
迎春月季和玉兰。
晒太阳，长高个，
太阳公公乐呵呵。

其七 骑大马

二〇一七年三月

骑大马，宸宸笑，
大马飞奔吙吙叫。
穿树林，过草地，
驮着宸宸把舞跳。
松鼠蹦，小鸟叫，
宸宸大名陶钧傲。

其八 早睡早起身体棒

二〇一七年四月

公鸡叫，小鸟唱，
宸宸天天早起床。
柳枝摇，竹叶响，
小路弯弯百花香。
空气新，太阳亮，
早睡早起身体棒。

其九 荡秋千

二〇一七年五月

太阳红，映蓝天，
宸宸开心荡秋千。
向前悠，向后摆，
秋千高过小树肩。
姥姥喜，宸宸笑，
笑声飞上白云边。

为所承担科研项目获专家评审通过而作[1]

二〇一七年三月十一日

久在官田想砚田，
荣披嫁衣入黉园。
铅锌铁矿五大类[2]，
三率指标精琢研[3]。
六载辛勤磨一剑，
等身报告谱宏篇。
专家二审掌声起，
团队意兴更空前。

注：1. 2011年7月份调任保定学院工作后，省国土厅支持一个科研项目。故由保定学院、河北地矿中心实验室、中钢石家庄设计院联合承担《河北省铁矿和铅锌矿主要类型开发利用考核指标研究》，总投资400万元。历经两年立项申请，三年认真实施，前后六个年头于2017年3月11日通过省专家评审并给予高度评价。项目由我任负责人，提交了“研究报告”“工作报告”“推荐三率指标手册”及12个分报告。

2. 指沉积变质型、矽卡岩型、岩浆岩型等三种主要类型铁矿，热液型、矽卡岩型两种铅锌矿。

3. 指矿产资源开采回采率、选矿回收率、综合利用率。

保定市第十四届人大第三十三次常委会感怀

二〇一七年三月二十八日

履职人大届两番，
回首十年一瞬间。
只己代言廿三万，
初耕国土后修园。
常怀直隶抒胸臆，
每为统辖谏微言。
鬓发尽白无愧去，
暮春之际待新贤。

注：2017年3月28日，保定市第十四届人大举行最后一次常委会，为新一届人大做准备。本人当选十三届人大代表时供职于国土部门，十四届人大任常委会委员在保定学院工作。此时十四届人大常委会组成人员共47人，按全市总人口数每人代表约23万人。

贵州行

2017年5月中旬赴贵州一游。返保月余，总觉尚有一事未完成，遂回顾旅途景观，查阅相关资料，吟成小诗六首。加上旅途中贺岳母八十二寿辰诗一首，共七首集合成一个单元。

其一　天星桥[1]

艳逸瑰姿天星桥，
世间名胜广相邀。
滇中石林踏浪来，
幻化盆景更俏娇。
香炉瀑布乘风渡，
银链坠潭珠如潮。
菊花石洞驾云访，
八仙过海笑葡萄[2]。
五岳天桥纷沓至，
叠罗桥上桥上桥。
风刀水剑刻玉宇，
根笔藤墨写妖娆。

注：1. 天星桥景区位于黄果树大瀑布下游7公里，主要观赏石、树、水的美妙结合，是水上石林变化而成的天然盆景区。主要有天星盆景区、天星洞景区、水上石林景区。标志性景点有八仙过海、葡萄厅、银链坠潭瀑布、天然桥上桥。

2. 借用苏东坡《中山松醪赋》“与八仙之群豪”“笑凉州之葡萄”句意。

其二　黄果树大瀑布

天帷飞泻下九天，
万缕千条竞激湍。
淫雨珠滑仙雾袅，
霁霏带舞彩虹烟。
大圣飞入水帘洞，
三桂沉金犀牛潭。
人生易老染霜鬓，
不尽喧豗看桑田。

注：黄果树大瀑布位于贵州省安顺市镇宁布依族苗族自治县，为黄果树瀑布群中规模最大的一级瀑布，是世界著名大瀑布之一，瀑布高77.8米，宽101米。瀑布后有一长达134米的水帘洞拦腰横穿瀑布而过，瀑布前面的跌水潭因形状若犀牛，故名犀牛潭，相传吴三桂沉宝于此。

黄果树飞瀑

其三　陡坡塘瀑布

一瀑无涯天地宽，
千年奔涌向谁言。
踏平艰险成大道，
慷慨高歌不畏难。

注：陡坡塘瀑布位于黄果树大瀑布上游1公里处，瀑顶宽105米，高21米。1983年版《西游记》片尾曲拍摄于此。

陡坡塘瀑布

其四　西江千户苗寨

细雨如烟漫西江，
巾车无语入菲芳。
吊脚楼檐连郁翠，
白水河波披银装。

注：西江千户苗寨由10余个依山而建的自然村寨相连成片，无边无际，白水河逶迤穿寨而过，吊脚楼栉次鳞比绵延山顶。是目前中国最大的苗族聚居村寨。

苗寨仙境

其五　镇远古城

古城镇远越千年，
天外飞仙到客船。
石屏山头五彩染，
祝圣桥畔九重檐。
舞阳源头有活水，
孔雀开屏动清涟。
舌尖中国品美味，
满江鱼火照无眠。

注：镇远古城是贵州黔东南苗族侗族自治州镇远县名镇，位于舞阳河畔。北岸石屏山耸立，祝圣桥南为青龙洞景区，有万寿宫等古建筑。舞阳湖距古镇 40 余公里，有天然石雕孔雀开屏。苗伯妈酸汤火锅曾收入“舌尖上的中国”。我们游览至此随缘住进“天外飞仙酒店”。

舞阳丽景

孔雀开屏

其六 梵净山

五大名山佛法宣，
四奇天象入云端。
梵天净土养心地，
大腹弥勒容万难。
红云金顶九霄外，
万卷经书印反天。
峰耸武陵佛万米，
何时驾雾续仙缘。

注：贵州铜仁梵净山（弥勒菩萨道场）与山西五台山（文殊菩萨道场）、浙江普陀山（观音菩萨道场）、四川峨眉山（普贤菩萨道场）、安徽九华山（地藏菩萨道场）为中国五大佛教名山。梵净山系武陵山脉主峰，海拔 2493 米。云瀑、禅雾、幻影、佛光为梵净山四大天象奇观。标志性景点有红云金顶、万卷经书、万米睡佛、蘑菇石、反天印等。

梵净山蘑菇石

红云金顶

其七　贺岳母大人八十二寿辰[1]

八十有二意兴浓，
一日疾驰四千程。
健步如飞穿峡过，
笑声嘹亮逐瀑萦。
溪茶闲看天星水[2]，
花冠覆额陡塘清[3]。
三餐五谷七分素，
六顺九达百事通。

注：1. 经与夫人亚林策划，2017 年 5 月 13 日至 19 日，携老岳母（王月芹）去贵州旅游，并邀姐姐张玉霞同行。旅行第二天恰逢老母亲 82 周岁生日（岳母生于 1935 年农历四月十九日），乘兴作此诗以为纪念。此诗得意之处在于嵌入一、二、三、四、五、六、七、八、九、十、百、千。

2. 5 月 14 日游天星桥景区，老人家曾在天星湖饮茶观景。

3. 5 月 15 日游陡坡塘景区时，老太太与美女少妇一样，头戴鲜花编织的花冠。

偶感

二〇一七年六月三日

荷塘鱼跃戏蒲菖，
舟上樽盈流鬓霜。
对饮何须相劝，
陶然山水共斜阳。

注：是日夕阳西下之时，与夫人荷塘边小酌，感叹万物得时，逝者如斯，两鬓华发，然满目青山，风光无限。

咏鸭绿江断桥

二〇一七年七月七日

高歌慷慨赴安东，
秀岳英华有峻峰。
半座铁桥连战火，
英雄儿女向死生。
上甘岭炙退凶寇，
板门店凉屈悍兵。
两岸青山犹自在，
一江绿水何从容。

注：一曲“雄赳赳，气昂昂，跨过鸭绿江”使多少中华儿女壮怀激烈。今方得躬临敬瞻，抚今追昔，触景畅怀。丹东曾名安东。抗美援朝纪念塔高 53 米，建于丹东城北秀丽的英华山上。

鸭绿江双桥

为建军九十周年暨从军四十载而作

二〇一七年八月一日

将临花甲忆初征，
屈指已逾不惑程。
挥汗背泱古镇口，
爬冰面卧桦皮峰。
巉巅大帽朝霞舞，
渔火桃林匏樽盈。
伏枥耄耋抒壮志，
四军潮动护中兴。

赏劲中先生墨宝

二〇一七年八月十三日

劲笔鸾跂鸿雁惊，
中锋壁立磬石声。
墨云龙舞入东海，
宝剑青霜破北风。
每临藏真自叙帖，
常吟苏轼赤壁情。
虚怀若谷自香远，
宠辱不惊任晦明。

注：余1977年入海军工程兵部队参加古镇口基地建设，转瞬40年过去。今逢建军节感而有发。桦皮峰、大帽山、桃林村皆为驻地内所在。

注：陈进中（忠），保定府名士，银行业专家。中国金融书法家协会副主席。是日得其馈赠书法集册，赞而赋之。

藏真为唐大书法家怀素之表字。自叙帖，赤壁赋，虚怀若谷等皆为陈先生书法集册中的作品。

王炳友司令员摄影作品题诗

二〇一七年九月

余仁兄好友杭州警备区原司令员王炳友先生精选摄影佳作十二帧拟印制挂历，余欣然应邀为每幅照片题诗。后挂历付印，赠吾二人亲朋好友以共娱。

其一　题坝上日晕

物换星移玉漏频，
一元复始万象新。
圆虹惊现兆风雨，
苍昊寂寥待春音。

挂历封面

坝上日晕

注：日晕又称圆虹，其出现是风雨将临的征兆。首句化自五代文学家和凝“江城子·初夜含娇入洞房”诗句：斗转星移玉漏频。

其二 题千岛湖捕鱼

举网罗江缚浪滔，
锦鳞百万跃云霄。
千岛湖光千样美，
年年有余步步高。

注：浙江千岛湖巨网捕鱼被誉为中华一绝，单网最高产量达 30.5 万公斤。

其三 题西湖冬韵

华茂松枝曳雾绡，
凌波微步更窈窕。
也把西湖比西子，
银装素裹亦妖娆。

注：一、二句化自《洛神赋》，三、四句化自苏东坡、毛主席诗句。

其四　题金山岭长城

长城万里入云端，
关隘千重落紫烟。
东临碣石向嘉峪，
独秀金山镇北南。

注：金山岭长城系明朝爱国将领戚继光主持修建，戚继光南征倭寇、北御鞑靼，功垂青史。

其五　题坝上草原

平川织锦竞斑斓，
碧汉翔云自傲然。
可是天仙施巧手，
当空彩练画人间。

注：三、四句中天仙指织女，取毛主席《菩萨蛮·大柏地》词意。

• 坝上草原

◎王炳友摄影

平川织锦竞斑斓，碧汉翔云自傲然。可是天仙施巧手，当空彩练画人间。

——张德义题诗

5月May　　2018戊戌狗年

星期日	星期一	星期二	星期三	星期四	星期五	星期六	星期日	星期一	星期二	星期三	星期四	星期五	星期六
		1 劳动节	2 十七	3 十八	4 青年节	5 立夏	6 廿一	7 廿二	8 廿三	9 廿四	10 廿五	11 廿六	12 护士节
13 母亲节	14 廿九	15 四月	16 初二	17 初三	18 初四	19 初五	20 初六	21 小满	22 初八	23 初九	24 初十	25 十一	26 十二
27 十三	28 十四	29 十五	30 十六	31 十七									

锦绣草原

六、题新疆那拉提

大美新疆看伊犁，
向阳坡下那拉提。
一代天骄纵马去，
千里芳甸唱短笛。

七、题云南金平

金平六月天茫茫，
山色绰约树苍苍。
雁阵声声惊唳处，
不是衡阳共斜阳。

注：那拉提草原距伊犁新源县110公里，突厥语意为"向阳坡"。传说为成吉思汗西征过伊犁时发现，为全国六大最美草原之一。

注：三、四句取王勃《滕王阁序》中"雁阵惊寒，声断衡阳之浦"句意。

八、题云南普者黑

仙峦秀水笋林峰，
彩彻落霞漫碧空。
十里桃花如梦见，
载欣载奔访陶翁。

九、题元阳梯田

物华天宝育元阳，
碧带琼裾萦峻岗。
哈尼子孙多壮志，
雕成世遗画卷长。

注：诗中借《滕王阁序》《归去来兮辞》词意。

注：元阳梯田是哈尼族人历经 1300 多年生生不息地 " 雕刻 " 的山水田园风光画卷，2013 年被成功列入世界遗产名录。

十、题川西云鹤

闲云野鹤傲云涛，
俯视群雄谁与高。
不恋汀渚鱼虾美，
愿引诗情上碧霄。

一行云鹤上青天

注：四句引自唐 · 刘禹锡《秋词二首》中诗句。

十一、题坝上驼队

玉宇琼林百丈冰，
忽闻一路驼铃声。
问询战友何处去，
背负双峰只独行。

十二、题雪原奔马

千岗白尽玉宇开，
涉雪银驹踏浪来。
冬至当知春无远，
呼啸西风劲入怀。

注：四句引自咏骆驼古诗句。

注：该诗展现了坝上草原冬日雪原骏马奔腾的壮美画卷。英·雪莱《西风颂》：“西风来了，春天还会远吗？”

小雪时节宿白石山居

二〇一七年十一月二十六日

白石山寨雪初冷，
梦里依稀数众星。
窗纳衔山半轮日，
门迎立壁一坡松。

注：小雪时节，白石山下已天地寒彻。下榻白石山居，夜空群星闪烁，晨迎旭日东升。

张大脚擦地歌

二〇一八年一月十九日

一条毛巾一双脚，
地面卫生咱来搞。
我家庭阔大半亩，
哪堪三脚加两脚。

注：余脚大有名，一日以脚踏毛巾擦地忽自谑吟此。

贺亚林光荣退休

二〇一八年二月六日

鸡鸣犬唱立春前，
日丽风和踏浪还。
领导恳谈频赞誉，
同仁执酒俱华言。
松菊掩径雍衡宇，
醴醠盈樽绕栋檐。
自信人生重启始，
一心携手向梦圆。

注：夫人刘亚林至 2018 年 1 月 29 日满 55 周岁到达退休年龄。2 月 4 日立春，2 月 6 日保定高新区领导谈话，党群工作部同事团聚祝贺，家人亦欢呼开始新生活。予笔名一心，女儿名梦媛。谨作此诗记之。

贺亚林五十五岁生日

二〇一八年二月二十日

亚林今年五十五，
梳个小辫像十五。
恰逢退休离队伍，
乐看外孙重入伍。
同檐妞们永为伍，
常来常往歌伴舞。
永葆青春日当午，
笑迎下个五十五。

注：夫人刘亚林农历生日为正月初五。此时刚好退休，可以根据需要专心照看外孙了。家有一微信群 " 同一屋檐下 "，她同事姐妹微信群名 " 妞们 " 。

六星聚即席赋

二〇一八年二月二十日（正月初五）

高天旷宇乍风暖，
业鹏中山有新贤。
田禾正盼及时雨，
劲鹰适与孤鹜还。
素娟睢园新竹绿，
一心邺水朱华颜。
临席受命疏短引，
几分酒醉几分癫。

注：保定坊间有作家七星会微信群，戊戌春节六星畅聚迎春，业鹏先生令吾即席作六星尊名嵌字诗。今润校记述之。

手风琴班欢聚记

二〇一八年二月二十五日

忠诚勤勉晨夕间，
把酒敬师廿载前。
喜元抚琴黑白色，
孩童蹙眉强欢颜。
杨军二马驰疆场，
德义世民弈酒酣。
已见琴童怜童去，
何谈花甲与童年。

注：戊戌正月，女儿幼时手风琴班数家长诚请白喜元老师共忆 20 年前陪同孩子们学习手风琴的难忘时光，追忆往昔，畅怀未来，以文记之。

早春访雁栖湖六首

二〇一八年三月二十四日

其一

雁栖栖雁秋水澜，
山燕燕山春鸣欢。
含饴呼应群峰里，
把酒问从一舟翩。

其二

红螺天宇豁达观，
石刻玉雕铭万年。
唐卡直悬九霄上，
指点春秋唐宋元。

其三

夏随春至云雨翻，
广种福田纳百川。
军号声声东风劲，
巍然屹立镇营盘。

其四

雁栖岛踞三水环，
寻觅春光只等闲。
半钩新月共云起，
一轮夕照正衔山。

其五

汉唐飞扬欲翱翔，
雁塔俯瞰峰苍茫。
中华复兴狮正吼，
万国来朝矗中央。

其六

京北巨刹本大明，
御竹林茂藤寄松。
仙女下凡化红螺，
遗福社稷归天宫。

注：是日与夫人带女儿女婿携外孙宸宸去雁栖湖景区游览。住红螺天宇度假村，其内收藏巨幅唐卡、石雕碑碣等，夏广军老总热情接待。先后参观了雁栖湖国际会都、雁栖塔、红螺寺等景观。国际会都建筑主题为“汉唐飞扬”，红螺寺原名大明寺，相传因红螺仙女下凡至此而名，寺内有御竹林、紫藤寄松、雌雄银杏奇观。

雁栖湖国际会都

汉唐飞扬

惜 竹

二〇一八年四月十八日

故园篱下有竹丛，
枝叶相怜一脉情。
破土新芽君莫采，
老竹只盼子孙隆。

注：雨后，宅侧春笋破土而出，开始生命历程，竟有人采而食之，罪过罪过。

致西部支教优秀群体代表

二〇一八年四月二十五日

重温回信四周年，
载誉学子归校园。
汇报朴实无丽句，
陈词豪迈有华言。
忠诚教育筑基业，
培育英才谱巨篇。
奉献边疆抒壮志，
复兴伟业再扬帆。

注：是日，为纪念习近平总书记给保定学院西部支教群体回信四周年，在我院举办了“立德树人，奉献边疆”座谈会。作此以记。

旭日腾龙

自题南海日出照

二〇一八年五月一日

日出南海漫天红，
破雾穿云舞巨龙。
盛世中华呈瑞景，
复兴伟业正骁腾。

注：当日凌晨日出时分，于海南三亚威斯汀酒店环廊拍得海上日出图，恰有彩云如巨龙腾空，龙头与旭日叠印，光芒四射，漫天红彻，蔚为壮观。

“八一”小记

二〇一八年八月一日

每至八一独有情，
今年更比往年浓。
女儿设宴盈樽酒，
孙唤妻呼其乐融。
北海从戎十一载，
凝鳌国土廿四程。
鸣铎八载将归去，
不忘初心旗正红。

注：余 1977 年 1 月未满 17 周岁入伍北海舰队从戎 11 载，1987 年 12 月转业，先后在邯郸、保定地矿、国土部门工作 24 年。2011 年 7 月转至保定学院又 8 年，今年将随高校换届退居二线。回顾历史，无论何时何地，惟军人情怀不变。

与老战友晓刚京华重聚

二〇一八年八月三十日

当年饮胄向胶东，
舞象风华影涩青。
双坞坦怀纳北海，
长堤破浪涌珠峰。
痴心曲赋吟李杜，
独爱琅琊啸夜空。
执手京华重把酒，
袍泽花甲犹奋声。

注：1977 年 1 月我与王晓刚，从吉林乾安乘坐同一“闷罐车”赴山东胶南当兵，参加某海军基地建设。四十一年后重聚京华，有感而发。大小船坞、防风防沙长堤等皆为基地项目，大珠峰、琅琊山均为附近山峰，琅琊台酒亦是当地名酒。

与友人看望老领导斑玖书记

二〇一八年九月八日

啜露鸟鸣悦，
乘云上丰宁。
山肴釜里沸，
驱驾城前迎。
与卿相拥语，
揽枝满怀情。
德高众芳在，
年劭多亲朋。

注：王斑玖卸任保定市委书记后回乡垦荒种树，造福桑梓。戊戌白露日与友数人看望老领导。王书记在家中大铁锅里煮上玉米，又亲自到城外迎接，房前屋后，果树葱郁，硕果累累，专门等待亲朋采摘。

拜读誉峰先生所赠《忆历记述》等感赋

二〇一八年九月十日

其一　传家之宝

弥坚立志始能成，
足迹百年已羽行。
珍爱党国爱百姓，
贵于家睦事达兴。
传扬善美志高远，
家训箴言座佑铭。
瑰伟世德寄厚望，
宝琚典范正传承。

其二　延芹年谱

誉闻燕赵自驰骋，
峰壑三山舞大鹏。
敬业孝廉担重任，
撰编先考录生平。
延传殷嘱公处事，
芹意重托人贵诚。
年高德劭世景仰，
谱治传家荫嗣隆。

其三　手迹存稿

手泽之遗目生情，
迹象洒脱笔纵横。
存蓄龙蛇飞舞动，
稿凝鸾跂鸿雁惊。
腾挪跌宕如鹏举，
蛟浪凌波若燕轻。
起落旁观听宠辱，
凤翔瑞兆家国兴。

其四　忆历记述

忆往峥嵘八十年，
历经风雨步庭闲。
记心家道睦乡里，
述话社稷国为先。
敬重同侪有肝胆，
业精勤奋苦修研。
立功德言三不朽，
身显名扬百代传。

注：马誉峰先生亲自编撰其父马延芹老先生之《延芹年谱》《手迹存稿》《忆历记述》等三本书，并不吝赠我。余拜读再三，受益匪浅，深感马老先生一生坚定不移爱党、爱国、爱百姓、爱家人，终身学习，矢志向上。其书法造诣深厚，留下大量墨宝。誉峰先生凝练并集字于老先生之“志当高远，国事为先。勤学敬业，本领立身。公道处事，做人正派。孝悌和睦，忠厚传家”之马氏家训，弥足珍贵。感而赋藏头诗四首，以表敬意。

丰宁坝上秋色

二〇一八年十月十二日

秋深松叶落，
树下遍涂金。
客至随风舞，
知君同我心。
斜阳归岭后，
初雪飘湖滨。
春日再筵酒，
百花更焕新。

注：应建会同志邀请赴丰宁坝上大滩镇，其时其地已大雪纷飞，松针铺地。

金秋

题河北省第十三届普通高校校长体育比赛

二〇一八年十一月十八日

高校英豪会冀南，
乒篮沙场起风烟。
谁言夫子只工笔，
笑看西席尽舞鞭。
独战单兵双问鼎，
同心团体列第三。
邯郸人美赵酒厚，
吟啸缘溪归故园。

注：2018 年 11 月 15 日至 17 日该赛事在邯郸职业技术学院举行。冠名“丛台酒窖龄原浆”杯。保定学院徐景星、高颖分获乒乓男子单打（健康组）、篮球女子定点投篮冠军。由徐景星、回顺利、张德义组成的乒乓球代表队勇夺团体第三名，为历史最好成绩。夫子、西席皆为古代老师称谓；邯郸出美女，蔡文姬、赵姬、貂蝉、罗敷等均为邯郸人；《淮南子》载：鲁酒薄赵酒厚。

郭亮绝壁长廊

二〇一八年十一月十九日

郭亮威名天下扬，
太行绝壁拓长廊。
十三勇士舍生死，
百姓欢呼步康庄。

注：郭亮绝壁长廊是河南新乡辉县沙窑乡郭亮村的一条挂壁公路。始建于 1972 年，竣工于 1977 年，建于太行山 120 米高的丹崖绝壁之上，全长 1250 米。主要由郭亮村十三名壮士独立手工完成。名列“世界最险要十条公路”和“全球最奇特十八条公路”。

挂壁公路

和默然先生

二〇一八年十一月二十一日

相识已满三十年，
兄弟股肱胜桃园。
古城矿管开新宇，
戳力同心美名传。
地质一队五元勋，
邯邢矿山两才贤。
重逢互道多珍重，
还愿早日再回还。

附：默然送别德义仁弟

一别二十单三年，
兄弟相思两茫然。
经略古城开新宇，
诗坛巨著美名传。
故友邯郸重聚首，
夜短情长心生怨。
但愿此去多珍重，
问君几日再归还。

注：日前，余返邯郸与30年前矿管老同事重聚，抚今追昔，畅叙友谊。后老同事姜合增（默然）作诗一首发我，欣然唱和。邯郸矿管由河北地质一队五人小组筹建，为加强技术力量，从邯邢冶金矿山局招聘姜合增等二人，其后又从邯郸矿务局、大学毕业生招揽人才。

贺《保定诗刊》创刊

二〇一八年十一月二十一日

保州文脉远流长，
定筑金台震四方。
诗撰穷竭歌曲赋，
刊编厘校字篇章。
扬风扢雅兰亭序，
帆动楫摇溯流光。
启智春江花月夜，
航巡秋岭尽涂霜。

注：保定诗词楹联学会创办会刊《保定诗刊》，诗词名家贾清彬先生垂青约稿，乃作。

贺荣乌高速保定段通车

二〇一八年十二月二十八日

千呼万唤始出来，
素裹银装下瑶台。
莲步太行祥瑞起，
陆离玄带细剪裁。
昔时登顶征途险，
今日穿行蜀道开。
温酒莲池吟啸去，
白石山上会太白。

注：荣乌高速保定至涞源段经历多年艰苦奋战终于全线通车。从京昆高速与之结点到涞源出口只有80公里，较走张石高速不但距离大大缩短且遂道减少匹分之三。

词

忆江南·开冬

二〇一二年十二月六日

开冬到，
未见玉鸾飘。
遍地寒吹天地冻，
素装不裹怎妖娆。
何处涌雪涛？

开冬到，
万木尽萧条。
似此无如披甲胄，
乘风直上九云霄。
谈笑唤春潮！

注：2012年12月6日，“大雪”节气无雪，感有此作。“大雪”亦称开冬。

十六字令三首

二〇一二年十二月七日

书。
旧日无多伴月读。
尊先圣，
万古画龙图。

书。
敢让零章付版牍。
荒唐语，
遗笑指江湖。

书。
恨到翻时晓少无。
勤发奋，
鬓雪莫轻浮。

注：拙作《韵影心迹》将付梓，抚今追昔有所思。

《韵影心迹》

卜算子·咏墨兰

二〇一二年冬

根系似白须，
茎纳金囊妙。
剑叶雄拔护凤鸾，
色雅尤娇俏。

本自生南国，
跋涉到燕赵。
愿与梅花共舞时，
也伴冰霜笑。

注：墨兰根系色白肉质，球茎，叶如剑，花似鸾凤。

西江月·贺中共保定学院第一次代表大会召开

二〇一二年十二月二十六日

室外冰寒料峭，
室内花暖和风。
师生千万尽欢容，
一大召开隆重。

百岁学堂承脉，
本科五载初成。
鲜明特色上水平，
锦绣前程昌盛。

注：2012 年 12 月 26 至 28 日，中共保定学院第一次代表大会召开，确定了“为建设具有鲜玥特色的高水平应用型地方本科院校而奋斗’目标。保定学院前身可上朔 1904 年成立的直隶第二师范学堂，2007 年正式升格为本科院校。

西江月·教代会

二〇一三年五月五日

室外花红柳绿，
室中容肃风清。
园丁千百尽欢腾，
教代会开隆重。

民主参与踊跃，
出谋献策争鸣。
迎评促建上水平，
特色鲜明应用。

注：保定学院教代会广泛发扬民主，吹起“迎评促建”号角，为建设具有鲜明特色应用型地方本科院校而奋斗。

“迎评”：迎接 2014 年底教育部本科教学合格评估。

沁园春·新生军训阅兵

二〇一三年九月十七日

保定东郊，时在初秋，细雨漫飘。望操场内外，新生蔽野；整装容肃，呼号滔滔。猎猎军旗，铿锵健步，倒海排山气势高。观方阵，尽戎装迷彩，分外妖娆。

教官如此多娇，数各系、豪杰竞略韬。看威仪劲旅，军拳精湛；学习政治，内务达标。队列雄拔，综合应考，攀顶凌绝夺锦标。承伟业，数二师人物，更看今朝。

注：2013年9月17日下午，保定学院（前身称红二师）举行2013级新生军训总结大会。至时天降秋雨，寒风侵衣。然全体新生精神抖擞参加阅兵式并获圆满成功。本人作为院主管领导，深为感动，遂步毛主席沁园春·雪原韵填此词。

2013级新生4500余人。军训期间设政治学习、内务卫生达标、军事技能比赛三个单项奖，在此基础上评出军政训练综合奖，还有两个方队进行了军体拳表演。今年进行了军训模式改革，由高年级学生干部经正规部队培训后组成军训教练团，他们服从命令，率先垂范，严格要求，文明施训，圆满完成任务，受到上下一致好评。

校
体
育
内
涵

青春彩虹 米建军摄

西江月·迎接本科教学工作合格评估

二〇一三年九月十八日

升本六年在际，
合格评验将临。
动员大会鼓豪情，
号角战旗舞动。

一七二〇三九，
目标锁定冲锋。
师生千万共迎评，
箭已离弦响应。

注：2013 年 9 月 18 日，保定学院召开本科教学合格评估推进大会。学院 2007 年 3 月升格为本科层次普通高校。合格评估指标体系中有一级指标 7 个，二级指标 20 个，观测点 39 个。

虞美人·满城龙居冰瀑

二〇一五年十二月十五日

堆琼滴露玉瓶净，
冰瀑添游兴。
天寒风澈乱云鬟，
顾盼群山白壁映婵媛。

珠帘翠柱连华盖，
仙宇飞天外。
银装素裹更风流，
指点太行万仞颂千秋。

注：满城龙居冰瀑依太行峰岭人工打造，流连其中如入人间仙境。

龙居冰瀑

钗头凤·沈园古今

二〇一六年二月二十一日

初春雨，沈园洗，
钗头一首寻千里。
时相见，泪双线，
寸肠千断，苦吟轻唤。
叹，叹，叹。

池依旧，鸳鸯秀，
尽听琴瑟纤云奏。
梅花灿，人无怨，
两情长守，海枯石烂。
赞，赞，赞。

注：2016 年正月与夫人一同到浙江宁波、绍兴等地一游，先后参观了兰亭、鲁迅故居和沈园。陆游作于沈园的一首爱情悲歌《钗头凤》，千古流唱，今到此地，春雨初驻，颇多感伤，抚今追昔，仿前人佳作填此词。

沈园钗头凤碑刻

定风波·莫负东风春意萌

二〇一八年四月二日

戊戌清明，保定学院信步。春色萌发，草木皆向荣。予怀苏轼，吟《定风波》，故作此。

莫负东风春意萌，
轻吟浅诵也徐行。
湖畔依稀烟柳弱，
谁乐？
衔泥燕子傍枝鸣。

一地紫金含露醒，
顾影，
已怜桃杏半池英。
又见梨花初落雪，
无怨，
不争颜色不争名。

校园春色

文

衡山、岳阳楼、赤壁、云梦游记

2016年12月30日

又一个年度要过去，又一个元旦将来临。这个元旦假期还想出去转一转，决定南下登衡山——这是“五岳”之中至今唯一尚未涉足的南岳，同时可游岳阳楼——这也是中国“江南三大名楼”仅剩的尚未游览的一处盛景了。这两个地方向往已久，“目标”终于锁定了。

昨天傍晚抵达衡山西站，住衡山景区门外的“花时间客栈”。由于季节原因，这里游人寥寥，纵横错落的街巷空空荡荡，一家挨着一家的客栈灯光点点。

今天一早，步行几十米就到了南岳大庙正门。衡山是一座佛、道、儒高度融合且香火很旺的名山，山上山下庙宇道观分布极密集。当然，南岳大庙当为最恢弘、最悠久、最具代表性的古建了。

南岳大庙是中国江南最大古建筑群，素有“江南第一庙”“南国故宫”之称。其建筑面积达98500平方米，分为九进四重院，东侧为八个道观，西侧为八个佛寺，堪称我国寺庙一绝。其中，第一进正门为“棂星门”，是由花岗岩巨石砌成的高大牌坊式庙门，东西还设有两座便门。第七进为正殿，称南岳圣帝殿。正殿高7.2丈，为重檐歇山顶建筑，内外共有72根大石柱，象征南岳72峰。殿顶覆盖着橙黄色的琉璃瓦，金碧辉煌，庄严威穆，令人敬意油然而生，叹为观止。

大庙后门就是景区大门。旅游中巴环山蜿蜒而上，途经多处景点，可随时上下。我们一直坐到换乘索道处，这里乘索道可直上南天门。衡山山貌算不得

南岳大庙棂星门

南岳大庙圣帝殿

险峻，山上植被丰富，但此时大都色枯叶落，只有松竹尚绿，独显其高洁品质。

从南天门一般是要拾级而上攀登衡山的最高峰——祝融峰的。我们试着徒步上山，感觉此处山势较陡，又穿着厚厚的棉服背着双肩包，“畏途巉岩不可攀”啊。遂退将下来，也不顾景区提示，打了两辆“摩的”，绕了几个急弯盘旋而上，转眼之间顺利登顶。

祝融峰海拔 1300.2 米，是根据火神祝融氏的名字命名的。峰顶有祝融殿，石墙铁瓦，高耸入云，蔚为庄严。登祝融峰最佳季节是夏末秋初。冬季登山，如赶得巧也能欣赏到“雪飞银装裹，雾凇万树白”的北国风光，只可惜今天的衡山阳光普照。前几日山上曾出现雾凇景观，这能从背阳坡那些古松奇柏尚披着银甲冰胄看出其时凇挂相当大。

自祝融峰循级而下，辗转回到南天门。乘中巴一路盘旋，途经多个景点均未逗留，直奔忠烈祠拜谒。

忠烈祠位于香炉峰下翠峦环抱之中，是一座仿南京中山陵形式建造的宏伟陵墓，也是我国唯一纪念抗日阵亡将士的大型烈士陵园。于 1938 年筹建，1943 年落成。陵园占地 14400 平方米，沿山坡自低向高，牌坊、七七纪念碑、纪念堂、安亭战役纪念亭、享堂五进建筑。首批入忠烈祠的有张自忠、赵登禹等 38 位抗日名将。民族忠烈千古，山河伟业共存。

从衡山下来时刚下午三点多，抓紧去衡山西站然后直奔岳阳，选了一家岳阳楼侧的客栈歇息。

南岳衡山祝融峰

南岳忠烈祠

2016年12月31日

晨起，沿岳阳巴陵路缓步向西，前往岳阳楼。进入景区，顿觉闹中取静之妙。首先迎宾的是“唐宋元明清”各朝代岳阳楼铜铸微缩景观单元。据介绍，此微雕都是按图索骥有案可查的，制造工艺十分考究。随之穿行而过新碑廊。新碑廊按照北斗七星的规制串联，分别刻有领袖、古仁、今贤墨宝80通。毛主席书杜甫“昔闻洞庭水，今上岳阳楼”诗最引起我的注意。

出新碑廊抬头望去，那高大巍峨、金顶红墙的岳阳楼便气势恢弘地撞入胸怀。

岳阳楼位于岳阳古城西门城墙之上，坐东朝西，背负三湘大地，襟怀八百里洞庭。岳阳楼主楼高19.42米，进深14.54米，宽17.42米，与武昌黄鹤楼、南昌滕王阁并称“江南三大名楼”，且是唯一保持原貌的“名楼”。其石砌基座厚重稳健，上起三层，有四柱、飞檐、盔顶，纯木结构，重檐飞挑，环廊复道。登楼远眺，冬天的洞庭湖苍茫一片，水天一色。只是水上不见了远帆点点，但见庞然大物般往来缓行的货运船舶，好似移动的岛屿和漂移的楼阁。

岳阳楼是一位阅尽沧桑的老者，他的膝下左拥“梅仙阁”（似为建岳阳楼开挖地基时得一石刻上有“梅仙”二字，故名），右抱“三醉亭”（传为吕洞宾三醉岳阳楼所建）。当左右臂伸展开来数十米略下垂，则右手处起一牌坊上书“北通巫峡”，不用说左手处的牌坊上一定是“南极潇湘”了。

岳阳楼座落的古城墙正中通一东西涵道，长约40米。其东拱门上书“岳阳楼”，与三楼飞檐下“岳阳楼”金色大字上下呼应，西拱门则书“岳阳门”

岳阳楼留念

岳阳楼

可直通洞庭湖，当是洞庭湖上南来北往的迁客骚人、商贾渔樵进入岳阳的门户了。可想而知，前贤从此登临岳阳楼，或“忧谗畏讥，满目萧然”，或“宠辱偕忘，把酒临风”，有着诸般情态了。

岳阳楼北走过“北通巫峡”牌坊有小乔墓景点。小乔嫁了周瑜，是周郎雄姿英发的“核动力”吗？

乘兴吟诵范翁《岳阳楼记》之际，萌生出些许感慨：现今处于繁华闹市中几近淹没于高楼大厦丛林里的岳阳楼，还是那座近千年前高耸入云撼动华夏的楼阁吗？那时的岳阳楼一定独赏孤鹜傲然于碧空白云之巅，俯视荻花枫叶于苍茫无垠的洞庭湖畔，信手揽月摘星于明河在天的空溟之夜……。抑或可问现在还有多少还有没有“斯人”与“贤达”？有几人尚存“先天下之忧而忧，后天下之乐而乐”的胸怀？

2017 年 1 月 1 日

今天是新年的元旦，不经意间随手又写成了 2016 年，时间不舍呀。

昨游岳阳楼后，即乘高铁继续北上，沿长江，奔赤壁，寻觅那一千八百年前的古战场。到达赤壁北后，打上“的士”一路西行，渐行渐入荒芜。至赤壁镇，映入眼帘的是规模不大且因修路而显得脏乱的小村镇，好似不毛之地。下榻在景区大门正对面的小客栈，名字却极古雅——小乔茶座客栈。四周目可及处，三国赤壁酒楼、故国酒家等，建筑风格仿汉，透露出三国争雄舍我其谁的霸气。

客栈主家与我同庚，也当过兵，极热情爽快。他推荐我们去隔壁酒家品长江回鱼，帮我们从电脑上搜索明天去孝感的最佳车次，答应我们以优惠价团购门票……其实我们的住宿费不过 70 元而已。

早餐后，满怀兴致进入景区，映入眼界的是那汉风建筑的宏阔大门及谯楼，正门上是江泽民同志题写的“三国赤壁古战场”七个大字。景区内旅游路线按环形规划建设，沿线有关于三国特别是赤壁之战的历史文化景观，但以刘关张三结义的居多，印象深刻的还有诸葛亮的空城计、拜东风楼等。迤逦前行攀一缓丘——号称赤壁山后，便到了那浩浩东去的大江岸边。赤壁之战东吴的总统帅周瑜的巨大塑像傲然立于长江南岸。于周郎侧沿级飘然而下，足立江边，思绪万千。滚滚长江东逝水，两千年后还依然，逝而未往说今昔，物是人非道坤乾。断崖千尺，江流无声，绝壁之上

赤壁谯楼

昔日惊涛拍岸

斗大“赤壁”二字赫然入目。传说此二字为周瑜所书。二字中间上方，有一白色降魔字符，不知是匡扶人间正义、降人间之鬼，还是降自然水患之魔，无论何寓，当为惩恶扬善之本意。

此处摩崖石刻，也是赤壁古战场唯一的见证遗存，它标记了中国战争史上最著名的以少胜多的范例。如果没有汉字（世界四大自源文字唯一保留使用至今的文字）的记载，发生在近两千年前的战争今人何能知晓？如果没有古典小说、诗词歌赋的广泛传播，哪有赤壁之战的家喻户晓？如果没有苏东坡的《赤壁怀古》前后《赤壁赋》，哪有我们如此的心驰神往？

但今天的赤壁之游，确实没有置身于“乱石穿空，惊涛拍岸，卷起千堆雪”之时空，也没有感到“履巉岩，披蒙茸，踞虎豹，登虬龙”之艰险，更未觉悟“赤壁之游乐乎？”之道家仙境。

2017年1月2日

凌晨，云梦玉丰国际大酒店。

刚由战友们送归至此。喜哉乐哉，感哉怅哉。酒至半酣，醉意朦胧。兴致正浓，浮想联翩。

先说从赤壁来云梦，可谓一波三折，舍近求远。昨晚经多方比选优化，确定了自认为是一个十分合理的方案：乘G818次高铁下午1点55分出发，半个小时即可到武汉。然后从武汉转G506次高铁即可到孝感北，如此晚餐在云梦与阔别数十年的老战友欢聚一堂，那是十二分的把握了。

但按这个方案执行至孝感北下车后，我们才如梦方醒，几乎南辕北辙了。原来我们从百度地图查知，从孝感到云梦只有20公里，且在西北方向，战友从电话中也说只要到了孝感就方便得很。那么我们到孝感北下车肯定离云梦更近些了。

步出孝感北站，我的两位老战友早已等候在出站口。一位是同在海军某团团部计划股工作的程福田，一位是同在汽车连的张三泉。三十余年离别，模样依稀，却已是白发苍颜，大家相拥而泣。但这时我们才知晓，高铁孝感北站建在孝感地区最北边的大悟县高店乡，距孝感市区100公里，而到云梦竟然120公里，这也太出人意料了吧。

一路上，我们相谈甚欢，深埋在大脑深处40年前的记忆喷涌而出。我是1977年当兵，到山东胶南黄海之滨参加海军军港建设的，而湖北云梦的战友是1976年的兵。我们从军生涯都在十年以上，为海军建设贡献了我们最好的青春年华，同时我们也经受了艰难困苦的磨练，收获了喜悦和成果。

进入云梦县城已是华灯初上。从夜景看云梦，城市建设很好，道路宽广，楼宇错落，少有高楼林立的那种拥挤。老战友安排我们住在云梦最大的酒店——玉丰国际大酒店。汽车连另外一位老战友陈华侨，团部机要参谋杨松柏在此迎候。晚宴设在云梦湖畔一家特色酒店，虽然夜色朦胧，看不清湖光美景，但战友情谊甚浓。大家举杯畅饮，忆黄海之滨十余载军旅岁月，念古镇口移山填海筑港之辉煌战绩，忆40年前风华正茂，叹今朝满眼两鬓斑白……

三七三九三部队，一二〇四工程，古镇口基地，十余载军装，永远的记忆，永远的荣光，永远的无悔，永远的珍藏！

丁酉之夏东北行散记

序

2017年7月4日，东北之行开始。

此次东北之行，缘于乾安一中四年九班毕业联谊活动。我在吉林乾安县第一中学读了初中、高中共四年，1977年高中毕业后参军到青岛投身军港建设11年，后又转业到河北工作至今。日月如梭，转眼离开生于斯长于斯的东北大地上的那座小县城已经四十年，应联谊会活动筹委会秘书长孙国庆等真情相邀，积极参加。这次也许是今生最后一次高中毕业班的同学盛会了。同时，顺便安排了丹东之旅——雄赳赳，气昂昂，跨过鸭绿江，少年儿童时代就十分向往的地方；长春之约——汽车连部分战友团聚。老战友李维田知我回乾安要在长春中转，遂盛邀我们的宋国山老连长夫妇到长春，计划召集汽车连几位亲密老战友相聚。

7月4日

晨起欲行忽逢雨
毗邻相助送东站

经过必要的准备，我与妻决定坐首班公共汽车去保定东站，早晨7点54分乘高铁去天津转车，时间应该较从容。没想到5点40分突然下起大雨，情急之下向楼上邻居温先生求助。有道是远亲不如近邻，温先生应声下楼，热情备至地开车送我们去东站。可是越往东走雨越小，到了东站连地皮也没湿，太阳还从云缝里露出了笑脸，真是东边太阳西边雨，急难之处有亲朋。

高铁飞车过雄安
便捷通道好中转

列车驶出保定东站北上没多久即右转向东奔天津疾驰。转瞬列车员报道：白洋淀站到了！这里就是国家大事千年大计的雄安新区所在地。若干年后，一座接天入地的现代化国际化生态化新城将横空出世！那时，也许到不了那时，这里必然有雄安新区站。

到达天津西站后，我们沿着换乘便捷通道标志中转。虽然标识还不够醒目，但站台中间的垂直电梯口有一个帅气的小伙子在指引。面对我们的询问，他一言不发，直接摁了2层键，我们一下子就到了二层候车室，免去了出站进站验票检票的麻烦，现在的科技和服务真是以人为本啊。

沈阳调头转向南
钻山穿岭奔丹东

从天津西站换乘，经唐山、山海关进入辽宁，这在早先就是出关了。闯关东即是说由此进入山海关外东北三省。我父亲就是十三岁时跟着乡亲闯关东到达吉林乾安小城，在中药铺学徒多年，后来自己开了一间小药店。我们兄弟姐妹七人都生长于乾安。父母闯关东时正值兵荒马乱，洪水肆虐，天灾人祸荐臻，受大罪了。现在，我们乘坐时速300公里的高铁，真是今非昔比。在辽宁境内，列车先后经过葫芦岛、锦州西、盘锦、海城、鞍山、辽阳等站，抵达沈阳南站后列车就地调头，旅客们也自己旋转座椅，后排变成前排，来了个180度大转弯。

离开沈阳城不远就一路向南渐次进丘陵，入山区。满眼山清水秀，碧水蓝天。老话说翻山越岭，列车是钻山穿岭，因为高铁线上有无数个函洞隧道穿越高山峻岭，晦明之变化，阴阳两重天。下午3点45分准时到达终点——丹东站。

鸭绿江畔看断桥
安东古城品美味

出丹东站，就近入住酒店。稍事歇息即出门，步行几十米来到鸭绿江边。

鸭绿江发源于长白山麓，自东北向西南滚滚奔向黄海。江水清澈碧蓝，横跨江面的钢铁大桥连接着中国的丹东市和朝鲜的新义州市。及至沿江边走到大桥底下才看出是并列的两座大桥。右边一座从中国一侧延伸至江中，而朝鲜那边只剩下孤零零的若干个桥墩，这座桥叫鸭绿江断桥。左边相距100米的另一座大桥称中朝友谊大桥，目前是中朝通关口岸。我们参观时有很多大货车正排队顺序进入中国境内。

据介绍，这两座桥均为日本人设计建造。新中国建立后的第二年，为保家卫国，中国人民志愿军从这里雄赳赳、气昂昂开赴抗美援朝战场。美国为首的联合国军凭借着先进的武器装备，气焰嚣张，不可一世，用飞机炸毁了半座桥，而留下另一座桥，则为日后侵略中国做通道。当然，这段历史世人皆知，美国

鸭绿江双桥桥头

安东大舞台

第一次在未获胜的情况下签定停战协定，中国为自己赢得了国际地位和几十年和平环境，我们也付出了数十万优秀儿女生命的沉重代价。如今一江碧水无怨无悔，日夜不息，奔流入海，为滋养两岸生灵而默默奉献。

我们选择去安东古城晚餐。丹东原称安东，其历史也是十分悠久的。安东古城是利用一处新的建筑群的一层仿古建设的，约百十米见方，有小吃商铺、手工作坊，中间是戏台。里面人来人往、摩肩接踵，着实热闹。烧烤是丹东一大特色。在烧烤小店，选了大黄蚬子、一品牛肉、煎豆腐、酸菜等，一个电烧烤炉分烤蒸锅和铁板烧两部分，一蒸一烤，现烹现吃，佐以美酒，大快朵颐。未几时大汗淋漓，直呼快哉！

7月5日

英华山上瞻丰碑
明月码头探邻国

早晨，按约定登上丹东一日游的大巴车。上车后，一个貌似小男孩的导游小王介绍了丹东概况及游览安排。第一站为抗美援朝纪念馆，位于丹东城北英华山，此时正在维修。该馆是全国唯一的抗美援朝纪念馆，山顶建有53米高的纪念塔，寓意1953年7月27日抗美援朝胜利。参观后吟诗一首：“高歌慷慨赴安东，秀岳英华有峻峰。半座铁桥连战火，中华儿女向死生。上甘岭炙退凶寇，板门店凉屈悍兵。两岸青山犹自在，一江绿水何从容。”

英华山留影

在毛主席“抗美援朝，保家卫国”题词墙前留影后，大巴车辗转经过月亮湾旅游度假区前往丹东开发区。

丹东开发区建设得很有规模，但入住企业和人员较少。在导游的鼓动下，另加60元观看朝鲜歌舞表演。演出场地是一处简易仓库库房，热的够呛！整场演出只有5个演员，据说是朝鲜的劳务输出。她们工作很辛苦，待遇很低，只能在演出场地附近很小的范围内活动。

在去明月码头途中经过了“中朝一步跨”——两国耕田仅以水沟相隔；燕窝浮码头遗址——当时志愿军装备物资经此送到前线。在明月码头耗费很长时间才乘上快艇踏上了探访神秘国度的水上旅程。首先是船长警告全程禁止拍照。快艇掠水飞奔，瞬间进入朝鲜内河，其边防设施渐次入目。毫无生机的兵营的土灰围墙和房屋；盖有蓝色铝塑瓦的女子兵营没见到一个人影，在临江边男兵营倒是见到一位面色土灰的士兵，日本人所建的军港遗址死一般沉寂；将军别墅孤然掩没于芦苇丛中，更像是另一类集中营；在一处水面上，几艘破旧的小渔船似乎在等候中国游艇，两船慢慢靠近，朝鲜人在兜售香烟、虎骨酒等。我无意间动了一下照像机，朝鲜人立即紧张严肃地以眼神加手势制止……

7月6日

先说一个“吃货”的事。

昨晚，从网上搜了一家有粥的饭店——香粥园。小店号称“25小时营业”，未知其意，但窗明几净，十分清爽。要了一份本地特产大黄蚬子28元、家炖海杂鱼才48元，大黄蚬子肉多味鲜不牙碜，瞬间吃光。又要了一份花蛤，相比肉小多了。加上半斤装的本地产凤城老窖，顺口吟出：不吃黄蚬子，枉到丹东来，不喝凤城酒，枉临鸭绿江。今天一早，正盘算早餐去哪吃，夫人说还去香粥园啊。进得小店还是昨晚上的服务员热情相迎。粥和汤面自然鲜亮，那角瓜西葫芦饺是海鲜的，虾仁极多，那芸豆饺是猪肉的，馅很糯很香。我随口说还有大

大快朵颐

黄蚬子吗？服务员说有啊，你们早上还吃呀！上一盘！看来一早就吃蚬子的人不多，服务员肯定暗笑：这两个吃货！

漫步断桥思绪飞
抵达铁岭知忽悠

心满意足的早餐之后，不慌不忙地沿江边走向断桥，深度考察这一爱国主义教育基地。进入景区，向北拾级而上，迎面一座炮楼稍有倾斜，转圈是密布的枪眼，标牌上说明是日本人1943年建的。再右转上几步台阶就是断桥桥头小广场。最北端面向南是一组大型青铜群雕——彭大将军率领志愿军战士斗志昂扬开赴前线。顺着彭总的目光向南望去，灰色钢结构的大桥突进江中。现在的大桥是经过整修的旅游景点，但整个结构都是原始建造的。大桥全长944.2米，宽11米，为12孔可开闭式铁路桥。日本人的设计，用的是德国钢材，于1909年始历时近两年半建成。1943年日本建成东侧的另一座铁路桥后，这座桥改为公路桥。断桥全部结构均由铆钉连结，历经百年风雨仍坚固无比，令人惊叹。大桥自中国一侧以第4号轿墩为轴，3号、5号桥墩为端可旋转90度，方便江上轮船通行。抗美援朝战争时期是志愿军补充物资大动脉，故被美军派出多架次飞机轰炸。朝鲜一侧的钢架被炸落水中，桥墩被炸毁而成为废桥。站在断桥最前端，面对掩埋着几十万志愿军战士忠骨的三千里江山，脚踏着日本人修建的钢铁大桥，背靠着东方醒狮，我们将作何感想，付何行动？

中午，乘高铁奔向坊间传说中的“大城市”——铁岭。我觉得，除了四大直辖市、部分省会城市，铁岭的名气紧随其后，当然这得归功于赵本山的“忽悠”。网约车按时在铁岭西站接上我们，经过十分阔气的铁岭新城。据介绍这也是中央电视台曝光的“鬼城”之一。新城距老城20多公里，我问司机：你们这全国知名的“大城市”有什么历史文化，有什么标志建筑，有什么神话传说？司机一脸茫然地说真没有什么，他甚至还不如我们查百度所做的功课深。

入住后，我们马上步行去参观银冈书院、周总理少年时期读书纪念馆、铁岭博物馆，但均已闭馆。我们是乘兴顶着烈日而去，郁闷满身大汗而归。晚上在铁岭大戏院观看了二人转等地方戏曲节目，演员们的功夫确实十分了得。

7月7日

蒸汽机车怀旧史
明月禅寺忆调兵

拟下午2点乘高铁前往长春西站。上午，则由那辆网约车包车服务并按时送我们到铁岭西站。

首先，我们蜻蜓点水般去铁岭城东侧的龙首山南大门看了一下，因为这座牌坊式的大门好像是铁岭的标志之一。然后驱车向西大约十几公里，路边“蒸汽机博物园”两层楼房出现在眼前。这里由博物园和博物馆两部分组成，由铁煤集团公司创办。博物园主要介绍蒸汽机车文化历史，而坐落在厂区内的博物馆就是一个大停车库，收藏了历代蒸汽机车头18个。看着这些黑乎乎的庞然大物，对比现在时速300公里的高铁，真是天壤之别。这里应该是铁煤集团公司的机修分厂，虽然是几十年的老厂区但管理特别到位，物资摆放井然有序，环境卫生寸草不染。因夫人在邯钢工作过，我们是异口同声发出赞叹。

出了内燃机博物馆继续向西行约20公里，就到了铁岭所辖调兵山市。调兵

铁岭蒸汽机博物馆

明月禅寺

山因传说名将金兀术在此调兵演练，后直取北宋京都汴梁掳得徽、钦二帝回师此地而得名。这里还有名为“锁龙沟”的去处，据说是关押二帝于枯井“坐井观天”之地。调兵山下建有兀术城，为辽宁四大古建筑群之一。山上的明月禅寺，为辽北最大佛教圣地，金碧辉煌气势恢弘。车至寺门阶下，突降大雨，片刻雨停。拾级而上入得寺门，一片清净安宁。大殿巍峨，建筑古朴，佛像金身冠顶，雕制十分考究。游得调兵山景区后便直奔铁岭西站，到长春与老连长及众战友相聚是下一个期待。

盛夏袍泽会春城
荷枪煮酒论英雄

下午三时许抵达长春。老战友孙正连、吴晓光接站。晓光是我们这批兵中提干较早的，当过工程船大队参谋。正连现在是小说家，为人幽默风趣，常常语出惊人，妙语连珠。如他说自己一当兵就是正连（级），其实一出生就是正连，快60年的正连了！他写了一批反映东北地区风情的小说，如《走进千古大布苏》《守望大布苏》等，我读起来十分亲切，尤其是关于我的出生地乾安的描述和逸闻趣事，都如亲身经历般熟悉。

一行四人经过且行且停堵车的艰难历程到达长春美兰达酒店，与本次聚会的主

战友合影留念

家李维田及夫人杜金萍，已经于中午抵达的老连长宋国山、宋文卿夫妇会合。

说一说老战友李维田。维田是吉林榆树人，比我早一年即 1976 年当兵。人极精灵极义气，情商智商双绝。维田酷爱篮球，主打后卫，时常率队出征，进攻防守出神入化，与战友们打个半场对抗也是热火朝天。有一次天降大雨，维田与另一“球皮”李江龙二人冒雨对攻全场，全连战友在外廊里呐喊助威，传为笑谈。维田开车技术高超，换档不踩离合全凭油门控制；党政军民学东西南北中，干啥像啥；乐善好施，凡朋友、战友有了困难无不帮衬，人称“三哥”。“三哥”是因其排行老三，实际上他就是“及时雨”式的大哥。

当晚，维田为战友们举行隆重的欢迎宴会。除以上提到的五名战友、三位军嫂，还有从乾安赶来的姜玉波、谢群、孟祥富，从吉林市赶来的孙立学，从哈尔滨赶来的吉林磐石人 1975 年兵布占财，都是汽车连的老战友。

大家畅述 40 余年军旅生涯，回忆无悔青春岁月。有一维田朋友知我们老战友重逢，特别送来一款老长枪形状玻璃瓶包装的酒，连长抱着“老枪”，我们一字排开合影留念。酒席上我与姜玉波开怀痛饮，酒酣忘醉。第二天，大家说我们各喝了一瓶高度茅台，但也没分出胜负。我和姜玉波有一个当时不好意思讲现在又传为美谈的故事。我们俩一同到部队时都算年龄小的，刚开始在波涛汹涌的海防线上一个人站夜岗，难免胆小。所以我俩总是一起连站两班岗，结下深厚的友情。

老连长宋国山 1968 年当兵，山东乳山人。他是那个年代战友中出类拔萃的人物，有文化，有品位，又有山东大汉的忠厚热情，快言快语，兼具高超的领导艺术，不敢说爱兵如子但确实与战士们情同手足。无论新兵老兵，无论城市兵农村兵，无论老实兵“刺头”兵，他都从感情上一视同仁，而方法上又因人而宜。他手下的战士无不心怀感恩，都能举出生动的事例。比如我，1986 年“十一”期间，我携怀孕的妻子去青岛并到连长家拜访，宋连长（此时已升任工区后勤部副部长）及夫人宋老师热情相待，把他们的主卧让给我俩住，自己住进阴面小屋，这不是一般人能做到的。

去长春时我带了若干保定八景工艺扇。感战友情深，即兴吟成：“柳绿荷正红，袍泽聚春城。直隶八景扇，为君送清风。”书于扇面送与各位战友留作纪念。

7 月 9 日

昨天战友们一起游览春城景色，中午在维田朋友的乡间别墅欢聚，主题当然仍是畅述战友情谊。今天一早，战友们在长春握手告别。宋连长由维田夫人和正连陪同去长白山一游。我们夫妻二人、玉波兄弟乘谢群的私家车取道松原，赶赴乾安。

长春到松原约 170 公里高速公路，路两侧绿油油的田野一望无际。从松原下高速到乾安县是普通公路。当看到乾安县界牌的一刻，“乃瞻衡宇，载欣载奔”的情感油然而生。距县城十余公里处，有谢群承包国有林场土地种植的葡萄园，在我的要求下，车辆右转弯约两公里到了谢园主的一片天地。园子 30 亩，见整见方，葡萄架不算高但井井有序，大棚里育了不少葡萄秧还种了很多蔬菜。地块尽东边，谢群新建的房屋也是整整齐齐，功能分布合理，像个居家过日子的样，体现了主人的生活情趣和品位。农忙时节玉波经常来这里帮忙。

11 点 30 分左右进入县城。以前，几次回乾安，知道城区街道整齐面貌不错，因为有石油出产县财政比较殷实。这次从城东进城后走了南环路，道路宽广自不必说。突然眼前一亮，路南侧一处大型水上公园横空出现。水面开阔有三四百亩，水中央一多层四角飞檐金碧辉煌楼阁高耸入云——小伙伴们都惊呆了！战友介绍，此处是在县东南水库大坑旧址上规划扩建而成，名曰丽水公园，楼阁称千福阁，共5层高36.16米。南环路北侧建有县政府及公、检、法大楼数座，也是颇具规模和档次。家乡面貌日新月异，大有江南风姿，不由心生赞叹！

进得城里，直奔三胞兄德芳家中。三哥嫂是我们兄弟姐妹七人中唯一还留在出生地乾安的。见面自然十分亲密，共同小酌几杯后就到圣普达酒店向同学聚会报到。

晚上，同学聚会就在县城南部的吉良大酒店拉开帷幕。吉良大酒店在当地很有名气，为了适应婚庆、朋友聚会等市场需求，专门设立了集会大厅。在一长椭圆形会议桌面上，安装了自动传输带，饭菜持续循环，客人自取所需，此桌可容纳40人左右。由于我们聚会已超过50人，又在一端设置圆桌。姑且把这个晚宴称为预备会议吧，由班长李希文、秘书长孙国庆主持。大家顺序祝酒并自我介绍。同学们有的在校时来往紧密，或毕业后时常联系，自然十分熟悉。也有的四十多年音信皆无，已毫无印象。但既然是老同学，大家都有一种天然的亲切感。

7月10日

四十周年同窗情
再次聚首乾安城

这一天注定要刻入我们乾安一中四年九班每位同学的心里。早晨7点30分，大家都精装衣裳、濯尘敛容，焕然一新地出席正式的联谊会。会议由何军同学主持。首先是班长李希文致辞；其二同学代表发言；事先已沟通确定外地同学、本地同学各数人带头发言。我推辞不成率先发言，因感谢组委会工作的话昨晚已表达，今天重点言表：一是以兰亭序词格描绘聚会盛况，二是以桃花潭水寄托同学深情，并现场作联云：忆往昔四十载中学时代风华正茂同室面壁共求索；看今朝花甲聚乾安故里两鬓虽霜激情犹存再出征。这个发言经会后反复斟酌推敲，形成了一篇小赋，组委会计划以其为聚会像册之序。会上，还播放了班主任刘凤洲老师寄语录像并现场连线视频。刘老师已84岁高龄，精神矍铄，思维缜密，声若洪钟。大家再一次聆听教诲，都是再沐春风的满满幸福感。

其后，同学们集体到丽水公园、乾安一中校门口合影留念。午餐时，孙国庆秘书长对聚会情况作了说明。李希文班长对我赠送同学们的《字韵诗魂》作了简要介绍。本人戏谑道，两本小册子糊墙用不上了，上厕所不好用，大家卖废品好了。

7月12日

10日晚、11日午，分别由高晓峰、张伟战友设宴召集战友聚会，场面、真情感人至深。11日傍晚及夜宵，希文、国庆同学及夫人分别置宴热情相邀，于淑萍、谭艳玲、许军荣等同学倾情陪同，今天一大早又到乾安宾馆送行，着实令人感动。这正是：

相见时难别亦难，
同学情挚桃花潭。
更期他日再聚首，
乐看夕阳照青山。

此文随记于途中，2017年7月21日改毕

滇南旅摄随笔

2018 年 1 月 22 日 10:30

幽燕初雪惜相送

夜炊发脚慈母情

石家庄正定机场 · 金色逸站

寒假前夕，我和夫人策划了去滇南参加一个摄影旅行团的活动。一周前就约定由敬波开车送我们到石家庄正定机场，然后乘春秋航空的航班飞往昆明加入旅行团。但昨天晚上九点多，朋友圈有人爆料：下雪了！不多时但见夜灯下雪花飞舞，路面、车顶、绿篱上渐渐白了起来，真的下雪了！这可是盼望已久不现身、千呼万唤始出来的今年的第一场雪呀！可以想像大家精神会多么的振奋，心情会是多么喜悦。

但这雪究竟会下多大、会下多久，高速公路会封闭吗？如何去机场、如何保证时间呢？早睡早起碰运气，若高速封闭就走 107 国道，反正只有 100 公里嘛，九点半的飞机怎么也赶得上。

心里有事睡不实，夜里两点多醒来卷帘向窗外望去，已是白茫茫的一片银色世界。咦，厨房灯怎么忘了关？走过去一看，厨房玻璃推拉门紧闭，八十多岁的老岳母正在蹑手蹑脚地准备包饺子要给我们“发脚”呢，又怕吵醒我们，用菜刀左右“铡”着胡罗卜，这就是娘也只有娘呀！

给送站的侄儿敬波发了微信瞬时反馈：京港澳高速全线封闭。抓紧吃了娘煮的热饺子出门，院里的雪已没过脚面。市区内路上雪很厚也很滑，与敬波会合后决定先走南二环向西沿 107 国道一路奔正定机场……

堵车了！行至新乐境内发生了严重的塞车。刚开始还可以徐徐蠕动，再后来就寸步难行了。必须突围，迂回绕过导航上标注的紫红色严重拥堵路段。我们摸索着穿插在田间阡陌之上，第一次绕的圈子小了没躲开。第二次又穿过一个沙场才回归到 107 国道。此时已经八点多了……当我们紧紧张张跑进候机大厅，值机服务员告知：飞机已经关闭舱门！

堵车的路上已经与在北京的女儿梦媛商定，先买了下午 3 点 50 分 NS3269 次的机票。两次机票虽是特价但合起来就是全价了，随遇而安耐心等待 5 个小时吧。

总结经验教训，绝对不能以普通道路推测既定时间。当猛然想起为什么下雪了还没考虑坐高铁时，夫人痛心疾首！虽然此行出师小有不利，愿接下来的行程再无波折。

2018年1月22日16:30许

金卡通行贵宾道
空姐指令删视频

飞往昆明航班上

在正定机场候机厅，一位金色世纪公司的贾小姐热情向我们推荐金卡的贵宾服务项目，听起来挺诱人，诸如在很多机场设金色逸站，持卡贵宾及亲朋可免费休息候机；可代为值机取登机牌；可走安检、登机头等舱通道；可赠送免费旅游等。妻花了898元办了一张金卡。以上说了，我们在金色逸站休闲，中午还提供了方便面。在过安检时，专门有头等仓金卡通道，我也借了一次光。登机时夫人走快捷通道，这次还受赠昆明或港澳游一次，感觉还真是好极了！

登机后连忙向老母亲报平安。当我准备录一段小视频发给亲人时，正巧空姐在身边闯入画面。她很客气但很决断地说，视频要删除！我很知趣地照办了。我纳闷是飞机上不准录像还是不准录空姐？后来我专门问过空姐确定是后者。

此时此刻飞机正在起飞上升，我还能用手机写字，正是航空部门已经允许在飞机上使用手机的缘故，但须是在飞行模式下，即不能连接使用网络。以前在飞机上不关闭手机还算违法行为，现在更加人性化，肯定也是科技创新进步的结果。

2018年1月22日23:00时许

千里单骑成贵宾
春城夜品褚之梦

昆明舞乐大酒店

飞机正点于晚7点准时降落昆明机场，地面温度15摄氏度。事先网络联系的国旅小吴与杨志刚经理来接。杨经理快人快语，直言此团只有你们两位，夫人遂称那我们就是VIP了，大家相见甚欢。车子在灯火通明中行驶20多公里，到达了今晚下榻的地方——位于火车站附近的舞乐大酒店。“国旅”的二位与夫人签定了制式旅游合同，沟通了日程表，表示日程可以协商调整，中间有什么问题及时电话联系。总的感觉云南的旅游业非常成熟，公开透明，令人心情舒畅。

送走国旅的同志，与妻乘着夜色信步酒店附近十字街口，悠然三大发现：其一，一心堂大药房不期撞怀，因一心为余之笔名，故而生情，后来女儿微信中提示，一心大药房在云南是随处可见的连锁店；其二，米线店摩肩接踵，不论本地老字号、川菜、吉菜、麻辣烫、杭州小笼包、北方饺子馆无不首推过桥米线；其三，娱乐用品商店林立，麻将桌、扑克牌、投骰子，看来昆明人真是安逸。

经过两三家比对，虽然本地小店的米线特色鲜明但都不配青菜，下酒的小菜也没什么，所以选了一家店名为川菜馆的小酒家，要了一份过桥米线又点了一荤一素两个小菜。我问当地产的酒有什么？店员称有松籽酒和褚之梦。褚之梦立时引起我的兴趣，当问到为何叫褚之梦时，店家皆摇头。再问之褚时健何人也？再摇头。此时夫人已从百度查到褚之梦为褚时健旗下褚酒庄园公司出品。美酒三盏下肚，心中五味杂陈。

2018 年 1 月 23 日 22:30

他乡巧遇故乡人 优化旅程自由行

广南县桃花源大酒店

昨晚酣睡，天明醒来顿觉疲劳一扫。简单整理并用过早餐后，昆明国旅的沈先生电话告知已到楼下。出得宾馆，但见一辆白色奥迪 A3 双闪着提示灯，一名敦厚友善的小伙子迎上前来，“我是保定顺平人，欢迎老乡！”真的吗？原来，公司安排小沈驾车全程负责我们此行，而他从手机号码上已经知道我们来自保定。他乡巧遇故乡人，自是十分热络且自然，君自故乡来，应知故乡事，君亦故乡人，乡音更觉亲。

车出昆明城区不久驶上昆汕高速公路，当得知我们此行既定计划首站为罗平，而我们又去过罗平后，他沉思片刻后建议，可将首站罗平改为末站建水古城其它日程提前一天。经与杨志刚经理沟通后，我们此行的日程安排调整为：广南县坝美世外桃源—丘北普者黑—元阳梯田—建水古城—昆明，然后飞返正定机场。

2018 年 1 月 24 日凌晨

舟车展转访桃源 地母句町问广南

广南县桃花源大酒店

飞车盘旋鱼跃 470 余公里，于下午两点半左右到达远近驰名的号称世外桃源的坝美景区北门。坝美本是一个群山环抱的以壮族同胞居住为主的小村落。但其南北两个通往外界的进出口均为山洞，养育其生命的河水由南口山洞源源流入，滋养人畜，灌溉良田，再由北口山洞激湍泻出。山间有桃林丛丛，黄花

良田美池桑竹

从口入初极狭

如毯，老幼妇孺衣着爽洁。其状恰如陶翁所述：山有小口，仿佛若有光，初极狭，才通人……桃花源非此莫属呀！

与夫人携手数十步，见有独驾马车十余乘等候，遂攀上一辆车来，马蹄“嘚嘚”，碎声向山口疾驰。及至山隈，十余丈高、三四丈宽的山洞口豁然在目，涧水清澈，徐徐流淌，数十叶小舟排列水中。与妻换上救生衣同上一叶扁舟，艄公竹篙轻点，小船钻入洞中。开始尚有洞外余光，渐次伸手不见五指，艄公时而打亮头灯以拨正航向，并介绍这处水洞长有 1 公里呢。中间也有二三处通往地面的小洞口透进几许光亮，行约 20 余分钟，那世外桃源的阳光映入眼帘。

倘佯于坝美仙境，四围山峰耸翠，片片油菜花开，一湾绿水河畔，头束花巾身着兰地花衣的村妇们正在浣衣，三个一丝不挂的四五岁的小男孩戏水如鱼，鹅鸭欢快的唱着情歌，村中几株不知年轮的大榕树顶天立地，其冠荫繁，其根如孔雀曳羽却深深扎入红色的泥土中……

当我们依依惜别桃源的时候又换乘了两舟一车，尤其是最后一次乘小舟穿过一条漫漫的水洞，虽长度与入口处相当，但洞中却红灯翠盏，演绎出万千幻景。

还有一事当记，坝美仙境入口水洞

怡然自乐

中有“灵猴攀岩”，而出口洞中有“雄狮护宝”，两处天然景点还真是惟妙惟肖，栩栩如生。然，二者之间有什么联系呢？思索再三得出结论：此意告戒来访者矣！任你是猴般泼皮七十二般变化，然则到我桃源必须遵循法度，切勿将丝毫宝物匿于耳中，否则我雄师必吼声震天，吓破汝胆。还是那句话，留下脚印一串，带走美景数帧吧。

实地考察后认为，坝美近于桃花源但也有异于陶渊明的理想境地。陶翁之桃源是步入其中，而此是乘舟而入；陶翁之桃源是偶然惊现不复得路，而此是广招游客胜友如云；更为重要的是，其桃源中人便要还家设酒作食，而此中人虽无揽客强卖，但亦无一人虚意挽留也。

傍晚驱车广南县城桃花源大酒店投宿。县城不大但颇具档次，道路宽广，或水泥或沥青皆平整如镜，路两侧建筑规划有序，广告牌灯箱很上品位。忽然想起，进入广南时那高大的广告牌上“地母圣境，句町故地，世外桃源”中的前两句是什么渊源呢，正琢磨间刚巧路过一家“句町学堂”，赶紧“不耻下问”，店主人指教：地母即为后土娘娘，广南为句（gōu）町古国国都，是地母文化发祥地之一。

2018 年 1 月 24 日 22:00

透迤驰骋四百里
直指丘北普者黑

水乡一梦大酒店

从广南到丘北普者黑都是盘山路，大约 200 公里。车子如一匹不知疲倦的骏马穿梭在冬日滇南的山壑之中。虽说云南四季如春，但毕竟四季之景不同。山上的松竹仍青但实不可能青翠欲滴。田野多为秋季的金色，山坡不时点缀片片赤红，时而又于山谷溪畔描绘出一条一带、一方一矩的新绿……天是洁净湛蓝的，阳光澄澈耀得人眼花缭乱。近午时分进入丘北县城，按路标普者黑应该有段距离，尚需前行，司机却告诉我普者黑景区就在县城近郊。原以为应是人迹罕见之地，未曾想她就近在咫尺，毗邻城郭。

2018 年 1 月 24 日

初入仙山碧水间
喜逢迎亲过桥还

水乡一梦大酒店

当车子从普者黑国家湿地公园大门缓缓驶入，丛丛峰林，粼粼碧水，奔入眼帘，真乃仙山瑶池之所！“山原旷其盈视，川泽纡其骇属”。同乡小沈适时将车子停在路边，让我们观赏拍照。湛湛晴空，纤尘不染，上下天光，一碧万顷。每张照片都有冰清玉洁、超凡脱俗的效果。

此时，只见几辆花车由对面驶来，在我们所处的桥头集结。再往桥上方向望去，好似几人护送新郎背着身披洁白婚纱的新娘踉踉跄跄的奔来，及至面前，新郎气喘吁吁新娘娇羞无奈。我们先是连忙道喜，继而问奉陪之人：新郎新娘怎么不做花车呢？此中人云：接亲过程中遇桥则必由新郎背负新娘步行过桥。乖乖，这要是过长江大桥呢，更别说港珠澳大桥了，任由吉尼斯大力士，也恐难抱得美人归呀。但能在这仙山秀水中行成婚大典必是终生难忘，也会享受上天的恩赐祝福。

2018 年 1 月 24 日

寻踪觅迹湖心岛
翘首日落青龙山

水乡一梦大酒店

进入景区除自然风光秀丽无限外，处处可见管理有方。道路畅通整洁，建筑规划风格和谐，民风自然淳朴。普者黑是彝族集中居住的地方，其本身也是彝语演化而来，意为盛产鱼虾的湖泊。我们按国旅的安排入住水乡一梦酒店。这里大大小小建了无数家雅致古朴的酒店，既有民族风情又兼具欧洲小镇特色。目前正值旅游淡季，故感觉处处空旷，人声寂寥。简单午餐后强烈要求午休，倒头片刻，妻的微酣已经洋溢房间各个角落了。

小憩过后，小老乡沈国星便带领我们去看三生三世十里桃花外景拍摄地——湖心岛景区。出得住宿酒店沿小路婉转至一山峰脚下，步上拱桥两侧，

青龙山余晖

比心夕阳

桃花岛

已有碧水涟涟。沿山根曲行二、三里，峰回路转，豁然开朗，一片浩浩缈缈宝石蓝色的水面涌入眼中。四面群峰连绵起伏倒插水中。再行数百步渐有桃树林立，桃花绽放，修袖延伫，湖心岛如一叶扁舟飘然于水面。岛上茅棚一所，桃树数丛。其实我并没有追过“三生三世十里桃花”这部剧，在这处湖心小岛上到底演绎了什么故事更是一无所知。但还真是这部电视剧播出后，好多人的热议才让我产生了对普者黑的向往，也不知道多少人和我一样慕名而来。网络时代，媒体的力量太强大了。

湖心岛附近又见两对新人在拍婚纱照。一对远在彼岸，只见白色的婚纱如钻石般璀璨。这一对就在近处的木桥之上，新娘身着宝石蓝色婚纱，而新郎则一身白色西装，在摄影师指导下摆出各种造型，无不尽现唯美，无不秀出爱情。

接下来就是要去青龙山上拍普者黑的日落景色了。青龙山高百十余米，但因其拔地而起则显十分陡峭。我二人携手攀登，不多时就汗流浃背，半个多小时终到山顶，时间大概是下午五点左右。此时太阳还高高挂在中天并热情奔放地流光溢彩。很多摄友席岩而坐，等待夕阳衔山。

青龙山顶是拍日出日落的绝佳地点。登上山顶先是日出拍摄点，当然是面向东方。画面有远处的山峦、中间的民居、近处的水面，但是民居的比重过大，缺乏自然的美感。再前行百余步就是拍日落的地方了。这里极目远望，山峰重重叠叠，无边无际，山下即是湖心岛所处水域，湖泊环环依依，似镜似玉。如此画面加上夕阳余晖，落霞飞红，该拍出怎样的美图将是语言难以描述的。当红日衔山、光芒四射时，长枪短炮哔叭作响，但遗憾的是今日无云，便无霞光万道，便无普者黑惊喜大片。

2018年1月25日

仙人洞村真仙境
观音亭下映朝晖

老虎嘴景区民俗

早点过后登车告辞普者黑，司机小沈说你们不是喜欢有水的风景吗，还可以再看一个景点。车子行不多远，忽然仿佛进入一处仙境，小沈说这里是仙人洞村。只见一大片宁静的绿水，一座石拱桥纵卧水上。桥西水面宽阔且在两峰之间与蓝天融为一体，几座秀美的山峰倒映在水中，岸边丛丛凤尾竹婷婷玉立。桥东水面收窄，一轮朝阳正从山头上跃

朝晖尽染

跃升起，金色的朝辉涂洒在桥南头东侧小山峰上的观音亭上，反射出祥瑞的光芒。此时一连串的同音字从脑海中蹦跳出来：这里水明如镜，山峰、树丛、石桥倒映水中，不知哪面是真哪面是影；这里一片宁静，宁静的不听犬吠不闻鸡鸣，只有树上的鸟儿在轻吟再就是耳边自己的呼吸声；这里净无纤尘，蓝天、翠峰、绿竹、碧水，太阳光澄澈透明；这里让人敬意油然而生，大自然如此美丽，带给人们如此美好的享受，我们应该向自然表达敬意，与自然和谐相处吧。

2018年1月25日

箐口梯田如油画
七彩锦绣织山川

老虎嘴景区民俗

下午三点左右，渐入元阳梯田景区。这里是摄影家的天堂，也是我们向往已久的地方。

元阳梯田位于红河州西南部、红河南岸，呈“山有梯田坝有云，谷有红河岭有泉”的自然景观。历经1300余年，以哈尼人为主的多民族人民，以惊人的智慧和勇毅垦植了19万亩哈尼梯田，蕴含着深厚的哈尼族农耕文化习俗。它既是世界上最大的造型艺术群落，同时是世界上参与制作人数最多的造型艺术群落，又是世界上制作时间最长的造型艺术群落，被联合国教科文组织列入世界文化遗产名录。

元阳梯田景区有四个主要观景点——箐口、老虎嘴、多依树和坝达梯田。

三点钟的阳光十分明媚，当箐口村入口处一大片水梯田顺山坡依次层层延展，田梗线条缓曲流畅，水面时而如镜，时而如红色绿色的毡毯，色彩鲜艳，心里好生激动。

汽车沿着山路驶入村中，穿过村中的小街小巷，民居大都是二、三层的小楼，土黄色的墙，屋顶有茅草坡顶，估计是要保持这里居民传统住房的风貌。村东北的一处山凹，一大片色彩斑澜的水梯田自西南向东北倾斜排出。这里建有专门观景平台，满眼五彩缤纷，蓝天映照下的水面如碧玉铺成，而有的水面生长了红藻，又像红宝石一样，真是满翡满翠呀！田里间或点缀着几丛几株绿树。这时的阳光斜洒在田地里，田埂晦明有致，立体感极强。我用手机拍了几张照片发给微信好友，有个朋友回问：是油画吗？对！这就是哈尼子孙千百年来用

油画箐口

勤劳的双手绘就的世界上最美的油画！

2018 年 1 月 25 日

飞旋而下五百阶
水墨丹青老虎嘴

老虎嘴景区民俗

从箐口梯田景点出来一路南下十余公里就到了老虎嘴梯田景区。据介绍此处是元阳梯田拍夕阳西下日落时分的最佳景点。老虎嘴梯田深藏在百丈深涧的底部，要下五百个台阶呢！我与夫人只背了像机轻装上阵循级而下。由于台阶打造的很整齐，又左盘右转辅以缓坡，加之必定是下山，倒不觉太多艰难。半个多小时就到了半山腰的观景台，初时还以为是途中休息的驿站，摄友们说已到达目的地了。此处观景摄影平台依山势建有五、六层，面向太阳落山的方向。四望群山环抱，俯瞰山下围成一处平缓的空地。梯田纵横铺陈，颜色丰富多彩，深褐色的田埂肆意勾勒，好一幅大写意水墨山水画！

此时，太阳依然很高，光芒照耀。大家小憩片刻，陶醉在山水之间，同时也随意拍上几张。梯田的色调、光华、韵味随着太阳的不断下沉而演变。遗憾的是，既无缘天上晚霞，也无缘山间的仙雾。

丹青老虎口

当太阳已经掩身于山后的时候，我听到夫人正与另一女摄友对话，在哪呢？那里那里！我趋身靠近而问，什么什么？老虎头，张着大嘴。我循向望去，这片梯田的西南角，一只猛虎竖耳瞪眼浑身斑纹粗犷，张着血盆大口吼向落日，顿时风起水涌，草木震动，山呼谷应。这几句虽是借自《后赤壁赋》的几句形容词，但太阳一落山就风声四起倒是真真切切。

这时才反应过来，老虎嘴梯田的命名大概就源于此吧。后来翻阅元阳哈尼梯田旅游服务手册，才知道命名老虎嘴的原由：此地地势异常险要，巍峨陡峭，如同刀削，其中两山突出形似张嘴怒吼的老虎。

2018 年 1 月 26 日

日出天堂多依树
气势磅礴看坝达

建水县春秋客栈

多依树景点包括多依树，爱村，大瓦遮等连片 9000 多亩梯田，其形状如一个大海湾，是拍摄梯田日出的天堂。

早上 6 点 30 分左右我们披星戴月的赶到多依树景区。汽车灯的光束照射下好几个四、五岁的小女孩儿，或自己或在妈妈的牵拽下跟着汽车跑，司机告诉我们那是在兜售鸡蛋，不免心生怜惜。

进入景区即是观景平台，上下有四、五层。此时东方缓曲的山峰顶上刚刚泛出鱼白肚，山坡的丛林中掩映着一簇簇古朴的民居。鱼鳞状的梯田铺满了整个山坳，如同一块块不规则的镜子。一片朝雾从山坳北侧的 V 形山口探头探脑。仙雾能缭缭于山间而使梯田披上若明若暗的婚纱吗？可是过不多久人们就满怀失望，连那一点点的朝雾也消散殆尽。

此时随着天色渐亮，一川梯田如银如玉肆意但又有规律的泼洒，深褐色的田埂勾刻着美妙的线条，把一川白璧切割成无数的几何图案。真像天然的巨幅木刻版画呀！这样的照片发在朋友圈，有的朋友真的回赞：跟版画一样！而有的戏曰：一地碎玻璃！阳春白雪与下里巴人同生共存。

当太阳耀眼的光芒洒满山川大地的时候，我们恋恋不舍地告别多依树，转战坝达梯田。坝达景点涵盖 14000 多亩连片梯田，是世界遗产核心保护区之一。从海拔 900 米的麻栗寨河起，依山而上，3700 多级梯田连绵不断，延伸至海拔 2000 多米的高山。她气势磅礴，幅员辽阔，线条优美精致，立体感超强。立时让人想到“取神得形，以线立形，

玉铺多依树

工笔坝达

飘

以形达意，尽其精微”的中国工笔画。在2号观景台夫人高举起的黄丝巾随风飘舞，与远处山坡上如堆如砌的梯田、散落于田间的民居、山头上的飞云流雾同框，岂一个美字写得！

2018年1月26日

团山民居双龙桥
刨根问底两迷团

建水县春秋客栈

下午太阳刚刚偏西时辰，我们到达了建水古城城西十余公里处，小沈介绍说这里可以参观团山民居和十七孔桥两个景点。

团山是彝语“图色的”的音译，意为风景秀丽、有金有银的地方。明洪武年间，始祖张福从江西饶州府鄱阳县许义寨贸易至建水，后见团山形势耸拔，众山环拱，甲于他境，遂三迁至此。张福勤劳躬耕，为后人留下了“百忍家训”。勤恳忠善的张氏族人以百忍家风为准则，好学上进，安居乐业，人才辈出。现住团山的张氏家族人口已达200多户，800多人，团山籍在昆明等外地工作的张氏子孙达600多人。

团山民居建筑在清朝以前均为汉、彝结合的土撑房。清光绪年间，张氏族人多到个旧开采锡矿，非常幸运地打着“旺硐”而发财，纷纷回乡盖房（看来啥时候都是矿老板发大财呀）。现存一寺（大成寺）、三庙（上庙、下庙、家庙）、八大厅（每所房子都有一个大厅）、十二大五间（四合院民居）以及三个内外走马转角楼，东南西北四个寨门、围墙、炮台均为清末年间所建，总建筑面积达16158平方米。2013年被公布为全国重点文物保护单位，2006年列入世界纪念性建筑遗产名录。

这里暂不详表团山民居“各抱地势、勾心斗角”建筑之辉煌，亦不赘述其内函丰富、博大精深之文化底蕴，也不采撷其祭祖之歌、勤劳持家之精筚，咱们单独论论这百忍家训的渊源与传承。

当我看到团山民居简介中“张福勤劳躬耕，为后人留下了‘百忍家训’”，忽然想起同事孙会军曾送我一本《张百忍的故事》，而且会军是在重返当兵故地——昆明之后送给我的，噢！终于得以寻根溯源了，马上拍此简介图片发给会军。但导游小姐途中娓娓道来——唐张公艺创立百忍家风云云……此时我一头雾水，及至出得景区在简介牌下，专门请出导游一辩，予曰：按此介绍当为张福创立百忍。导游曰：非也，唐张公也。予曰：如此当介绍为张福秉先祖之遗训，殷嘱后代继承弘扬百忍家训也。导游嗔怒而无语。

后经披阅建水团山张氏十六世张勇立《团山——我的故乡》一书，并与百度校核确认，在唐高宗去泰山封禅途经山东寿张县时，亲临三朝皇帝都旌表其门的张公艺家庭，但见其家族人丁兴旺，九世同堂，鹤发童颜，其乐融融。便问其故？公艺俯而未答，取纸笔连书一百多个忍字递给皇帝。高宗欣然命笔立书一付对联，上联：“一门父子三宰相”，下联：“五代同堂百岁齐”，横批：“天下第一家”——此乃张氏百忍之正宗也。

带着关于百忍渊源的纷争，我们来到咫尺之遥的十七孔桥西侧，但见斜阳余晖之下，长桥卧波，不云何龙。中有楼阁，南有角亭。先是疑其取颐和园十七孔桥之意，细数则只有十六孔，其故为何呢？继则不为所扰，驱车绕桥一周欲去。当行至桥北端时，急命司机停车，疾步上桥，必欲求其所然。桥中间阁楼内一碑记：

> 双龙桥位于泸江河、塌冲河交汇处，因两河如双龙婉沿而得名。清乾隆年间始建三孔，道光十九年（1839年）续建十四孔，与原三孔雁齿蝉联，浑然一体，青石砌成全长148米，桥中建楼阁一座高20米，边长16米，南亭六角攒尖顶高九米，

保护四至……

一九九二年十月三十日立

那按中国传统建筑对称理论应该有的北亭以及缺少的一孔哪里去了呢？当我问及中间楼阁南20余米处一位扛着录像机看似很专业的摄影师时，他说正在做一档节目需要此景，但并不知道我的问题的答案；我又信步沿桥南行，及至河畔问一长者，长者亦说不知北亭，但似从对岸某处可看出十七孔。奇了！我又沿桥折返北岸，问桥头一小贩，小贩称北亭及缺失的一孔毁于民国前期军阀混战的炮火中。问从何听来，答说听导游介绍。此说靠谱。而碑中为何不予记载？今政通人和，百废俱兴，又为何不重新修缮复建以恢复原貌呢？

补记：经查资料，咸丰六年（1856年）桥上阁楼被毁。光绪二十四年（1899年）重建三座阁楼，在孙中山领导的护国战争中叛军溃逃时焚毁了北端的桥亭。

著名桥梁专家茅以升把建水双龙桥列为全国最著名的10余座古桥代表作中。2006年列为国家重点文物保护单位。

2018年1月27日

滇南邹鲁临安城
飞霞流云朝阳楼

昆明舞乐大酒店

飞霞流云朝阳楼

滇池鸥翔

1月26日傍晚，进入建水县。厚重的青石板铺就的道路，“飞阁流丹，闾阎扑地”，一幅古拙雅致的画面。入住的酒店前一面杏黄色旗帜，上书“春秋客栈”，很有苍桑感。

建水古城，旧称临安，唐元和年间在此筑惠历城，建水至今已有1200多年历史。古有“文献名邦”“滇南邹鲁”之誉。明清开科取士，云南一榜举人中，临安学士竟占半数之多，故又有“临半榜”的美称。

27日一大早，我们两人步出客栈，穿小巷，过牌楼，就到了东西向的临安路——建水古城的标志路，也是名胜古迹集中区。

朝霞满天，青玉铺地。店铺古色生香，楼阁飞檐凌空。我们选择先向西走，天君庙、云南督学院考棚、雨逸锁鑰牌坊、临安府署、文庙均坐北朝南，间隔排开。路对面坐北朝南的还有普应寺，看来历史上临安也是佛道共同存在，包融性很强的。

临安府署是近年来在原址复建的，比保定的直隶总督署低一级，但建筑规制、布局风格完全相同，规模见小。特别是那公生明牌坊，同样刻着黄庭坚的题字，正、背面完全一致，只是这里的牌坊采用花岗岩质地，显得更加厚重。

从文庙折返向东寻朝阳楼而去。朝阳楼即临安古城四门之东门——朝辉门，南门为阜安门，西为清远门，北为永贞门。明末西、南、北门毁于战火，仅存东门城楼。朝阳楼建于明洪武二十二年（1389 年），比天安门还要早 28 年。

转眼之间一座与天安门城楼体势、风貌、色彩均相似的高大建筑撞怀而来。朝阳楼由四十八根巨大木柱和无数粗大的楹榫接成坚固的木构架，覆以三重檐歇山屋顶。《建水州志》记有“东楼凌汉”一景：“东城楼高百尺，干霄插大，下瞰城市，烟火万家，风光无际。旭日东升，晖光远映。遥望城楼，如黄鹤，如岳阳，南中大观。”

此时仰观城楼三层四个草书大字“飞霞流云”龙飞凤舞，与蓝天上飘游的白云交相辉映。沿着楼中间拱形门洞穿楼而过，一轮朝阳浩浩当空。返顾城楼，朱红色楼座及柱梁交织，托举起三重飞檐。由上及下，首先是“雄镇东南”四个白底黑色大字，气势恢宏，中间“朝阳楼”三个白底红字明显缩小，楼座拱形门顶浮雕“迎晖门”三字。朝阳楼前广场开阔，人们或对弈，或遛鸟，或闲谈，一片详和安宁景象。

在建水走马观花的最后一站是号称“滇南大观园”的朱家花园。朱家花园位于临安古城中心翰林街中段，为清末年间当地乡绅朱渭卿弟兄所建的家宅和宗祠，占地两万多平方米。院落层出迭进，房舍鳞次栉比，计有大小天井 42 个，房舍 214 间。其建筑装饰规模宏大，结构精巧，装修精美自不必说。尤其进门“循规蹈矩”，出门“谨言慎行”座佑铭令人记忆深刻。

滇南七日游即将画上圆满句号，明天我们就将告别四季如春的彩云之南，飞回四时分明正风雪飘飘的北国。祖国之大，祖国之美，令人骄傲，令人神往。

2018 年 2 月 8 日改毕

元宵节随想

2018 年 3 月 2 日

刚刚围着小区的环路转了一圈，华灯已然，夜色阑珊，月亮高悬在参天的楼顶，星星却隐身在浩缈的夜空。

今天是 2018（戊戌）年的正月十五，是传统的万家灯火闹元宵的节日。因为今年过年女儿女婿及外孙去了济南府亲家家团聚了——当然这是两家友好协商的办法——外孙年幼不宜来回奔波，两边轮流过年。所以今天元宵佳节团聚在京城，也是戊戌狗年我们祖孙四代首次见面团圆，自是十分欢娱。

团圆晚饭当为元宵节重头戏。满头白发耄耋之年的太姥姥屋里屋外追着一岁七个多月的重外孙宸宸，一会儿吃这吧吃那吧，一会儿慢着点别蹾着，祖孙俩大呼小叫，笑声阵阵，乱作一团；妻和女儿窃窃私语闲话着过年的家长理短。但先让孩子吃好饭是头等大事。现在的小孩儿哪还有争吃抢喝的，满世界追着喂还频遭拒绝呢。看重外孙不好好吃饭，太姥姥建议说，让孩子自己动手吃试试？嘿，高！餐桌椅的小饭桌一架，宸宝手握小勺连抓带铲的吃上了，还别说，在姥姥的指导帮助下，这小家伙并没有嘴下鼻上满脸满大襟的，大家纷纷点赞。

女婿勇麒今天公司有任务去近郊县，傍晚 6 点才返城区，当看到家庭微信群晒的我指导保姆准备的八菜一汤的菜单时，特别是还有福州正宗满堂香佛跳墙，婿慨复：我已然无法自拔！将近八点，勇麒开门进屋，小外孙忙不迭地跑过去从鞋架上找到爸爸的拖鞋，一手一只仰着脸递到爸爸手上，爸爸一把抱过儿子：乖乖！这一幕还真不是首映，年前来看外孙时，我已享受了这样的幸福，有视频为证哟。当我们小家成员终于共同举杯庆祝团圆时，小外孙稚声稚气地：爸爸！妈妈！哦爷（姥爷）……，一通儿乱叫，爸爸拿筷子头煞有介事地沾了点酒，一桌人慌忙齐声喝止——逗你玩呢！

我 17 岁前的元宵节都是在东北过的。记得那里此时还是冰天雪地的，经常有“正月十五雪打灯”的时候。晚饭时油炸一些元宵就是上好的美食，那时的元宵馅只有五仁的，没有现在这些豆沙、黑芝麻、巧克力、山楂等等口味。当月亮升起来的时候，大人要带着孩子们打着红灯笼院里院外走一走，说是走百步丢百病，新的一年里身体健康百病不沾。现在看来晚饭吃了不太好消化的元宵，多走走防止积食是科学和必要的。

当年，我十来岁，父母五十多岁，感到他们很苍老的样子。一来二老共带大我们姊弟七个，需要付出极艰巨的努力和极大的心血；二来处在那个物资贫乏经济困难的年代，可想而知是何等的艰苦，有时会是时日难捱的。如今我也58周岁了，自己感觉还年轻，其实确非英姿勃发也不是雄心壮志的年纪了。当然这要托福于站起来富起来强起来的时代，今非昔比呀。

“人生代代无穷已，江月年年只相似。”小家好，大家好，国家好。愿国泰民安，永享盛世。

五十八岁生日随笔

2018年3月11日于京华

我的生日是1960年3月12日，农历二月十五。妻弟亚洲生日是3月1日，农历正月二十七。前些天在北京一家人团圆正月十五元宵节时商定，3月11日也就是农历正月二十四，前赶后凑二者兼顾，共同为我们庆祝生日。我历来主张庆生从简，尤其是无论阳历阴历只过一次，仅限家人。

可是女儿女婿还是十分在意，精心策划生日宴会饭店，早早选择预定生日蛋糕，想要充分表达一下祝福与欢乐的心情。

是日，风和日丽。女婿勇麒驾着七座商务车拉着我们一家四代老少七人行驶在京城宽阔的大路上。“四世同车”的幸福与四世同堂一样一样的。外孙在车内前后左右“换防”，一会儿站起来四处张望，一会儿从中间排座椅姥姥身上爬到后排的姥爷怀里，手忙脚乱的眼睛也不够用了。他从小坐车一般不哭不闹，曾经用过安全座椅但没坚持下来。好在还不曾坐过副驾驶位置。这不，爸爸开车妈妈副乘，他连去前排的表示都没有，更不用说请示报告。

汽车向东行驶没多久，号称“大裤衩”的央视大楼进入视野。又转了两个小弯车子驶进一条小街直接钻进一栋大楼的地下停车场。停好车后勇麒带着我们乘电梯直上四楼，出得电梯便见刻有“江南赋”三个大字的木质牌匾映入眼帘。我这个人文化不高但酷爱文墨，对诗词歌赋情有独钟。像《秋声赋》《前赤壁赋》《后赤壁赋》《滕王阁序》《洛神赋》等名篇可以背诵如流。单从这酒店的名字就可体会女婿女儿的良苦用心。

一脚门里一脚门外，嗅！怎么感觉不对劲呢？刚刚还是北方都市，怎么一下子就到了南国水乡了呢——纵横交错的溪流上朝雾蒙蒙仙云缈渺，荻花丛丛间叶叶扁舟隐约可见，小桥流水伴着鸟鸣萤飞。乾隆爷所叹“早知有盘山，何必下江南”脱口而出。

我们先来到名叫“春意阑珊”的亭榭之中落坐，趁姥姥照顾宸宸吃饭的功夫，缓步于岸沚汀兰之间。江南赋的定位就是“运河船宴”，每只小船上都可“添酒回灯琵琶遮面”，也可“扣舷而歌放逐中流”；一亭坊、一牖户尽显雅韵风流，一块块匾额上书就“荷塘月色”“梧竹幽居”“雪香云蔚”等等。

转回“春意阑珊”，各色美味佳肴

已错落有致地摆了一桌子。精品龙井手剥活虾仁清爽可口；临安府酱鸭舌冰雕玉琢般精巧；东坡肉肥而不腻，如能配以中山松醪酒那该何等惬意；农家土风肉蒸鲜腐竹中那腐竹，用筷子轻轻夹起半透明的如丝如帛；金牌浓汤砂锅翅压轴登场，大家细品轻啜齐呼过瘾！亚洲昨天刚从昆明飞回北京，带回当地特产“姜汁利口酒”，也为生日宴会增添了色彩。

这时快递小哥送来女儿女婿订制的“私家秘制”栗子豆沙巧克力蛋糕，蛋糕上插着一个白色巧克力小牌牌，上边写着：两位男神生日快乐！祖孙四代合影留念，每个人脸上都堆满了灿烂的笑容。

外孙宸宸“龙抬头”

2018年3月18日

农历二月初二是中华民族传统节日——中和节，又称春龙节等。“二月二龙抬头”，正值惊蛰前后，大地回春，万物复苏，人们祈求风调雨顺国泰民安，总之是一个喜庆祥和蓬勃向上的节日。为纪念这个节日，民间流传下来理发剃头、吃春饼等好多风俗。

外孙宸宸春节前理了个小分头，长长的刘海显得大孩大气的。一个月的时间头发已经很长了，单等“龙抬头”这天理发，图个吉利。晚饭前决定进行这项复杂艰巨而又庄严的仪式。大家都知道小孩普遍“护头”，所以给一岁多的宝宝理发是件不容易的事情。女儿先准备好儿童剃剪，姥姥放好了洗澡水。我抱着宸宝进了卫生间，以壁挂式洗衣机的转动为“诱饵”分散其注意力，因为宸宸对这个又响又动又有数字闪烁的东西情有独钟。女儿动作迅速，寸长的头发纷纷散落。宸宸先是怔怔地没有反应过来，转眼就奋力反抗并嗷嗷地大哭起来。我和他姥姥合作紧紧抱住外孙，束缚住他又抓又推的两只小胳膊，“好孩子，好宸宸”地哄着。女儿倒是手脚麻利，因为她已经给儿子理过几次发了。开始是6毫米全推，接着是0毫米收边，没一会儿就算大功告成了。宸宸哭的稀里哗啦抽抽噎噎的，孩儿，这实在是必须要做的，没有办法呀！

接下来是洗头洗澡，本来是宸宸例行的欢乐时光却因为刚才受了“委屈”而郁郁寡欢。但洗罢澡换过衣服，一个清清爽爽干干净净的“小沙弥”全新亮相，这不是“一休哥”吗？这时我有一个惊人的发现，宸宸在屋里转来转去，噘着小嘴不拿正眼看我们，还真的生气了？甩脸子呢，太好笑了。

今天晚饭按照传统吃春饼。我主红案，肉丝粉条炒豆芽也称合菜，鸡蛋炒韭菜翠绿金黄，土豆丝又软又糯，积菜（东北酸菜）粉酸爽可口。夫人主白案，和好的面团分成大小适中的份额，然后搓揉成长长的圆条状，再切成小段，两两成对沾油擀成圆形薄片，饼铛烧热点入少许油，饼坯下锅翻烙两次，未几时饼面上花饼肚渐隆，出锅顺势一揭，两片薄如蝉翼面香扑鼻的春饼皮告成。看来我们张氏家传正宗春饼在我们这里是发扬光大了。

我把一张春饼皮花朝上铺平，选择合适菜品在饼上摊开，两根筷子一里一外边卷边兜住底边，一层饼一层菜外形美观香喷喷的春饼正式出炉。起初宸宸试探着咬了一口，接着瞪大眼睛拉着我的手不放，大口大口地吃起来，豆芽粉条时而拖曳在下巴上，他小手一把送入嘴里，神情非常专注，这在平时是少有的状态。女儿不失时机地录下视频，把一旁连呼过瘾、据说一口气吃了六张的女婿勇麒也捎带脚地“框”进来了。这是外孙第一次吃春饼，足足吃了一张半呢。同时我还蒸了猪肉胡萝卜莲藕小丸子，外孙手抓着也是吃了十来个。

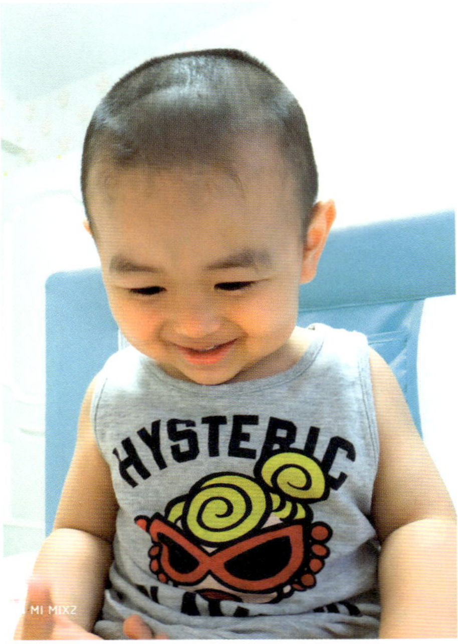

龙抬头

饭后，姥姥拿出新买的红色和蓝色的两件小秋衣给外孙试穿。每穿上一件，他都跑到大衣镜前，对着镜子高声呼喊沾沾自喜手舞足蹈，直到这时“被理发”的不高兴才算彻底烟消云散了。

外孙也扮“卓别林”

2018 年 3 月 26 日

一岁八个多月的外孙宸宸对爸妈那几双大鞋产生了浓厚的兴趣，并且进行了多角度、分岦次、全方位的“探究”。

也不知道是哪一天，宸宸摸索着把小脚丫“钻”进鞋架前地面上爸爸那双黑色的大皮鞋里，刚想往前挪，随即就趔趔趄趄摇摇晃晃一屁股坐在地上。一边的阿姨急切的喊道：不要穿大人的鞋！姥姥却说，别管他，让他试嘛，谁家小孩儿都这样。对姥姥的意见我投赞成票，应该满足儿童的好奇心，支持他们对新鲜事物的探索。

此后一发而不可收，爸爸妈妈的鞋子一双一双的试。他从鞋架二拽出两只大鞋，“哐当”一声掼到地上，左右看看，然后或扶鞋架或扶墙壁，先试着伸进一只脚再伸另一只脚。有时扶着墙也够不着鞋，就先蹲下把鞋往近挪一挪，或者扬着小手看着我，一声：哦爷（姥爷）！示意我扶着他穿。穿进去之后就开始往前挪步，但鞋子很重只好拖着走。两只大皮鞋时常穿反了，活像个小“卓别林”。

经过一段时间的“实习”，外孙穿大鞋子的技术越来越熟练了。有时一脚

卓别林

穿不进去，会蹲下来把鞋子“舌头”往上提一提。穿爸爸那双白色中靴大鞋，像趟水一样往前“划”；穿妈妈那双黑色厚底皮鞋，则踩着小脚“咔咔”小步疾走，像军训中的“遂步”；穿上我的大拖鞋跟小船似的漂在“水面”上。家里的鞋柜一半带门一半“明厨亮灶”，有一次我们把那双最大最重的白皮鞋藏在柜门里，宸宸在那“明厨亮灶”中上下左右扫瞄一阵：咦！我那最酷最爱呢？随后他毫不犹豫地一把拉开鞋柜门，两只小手精准的“叼”住那双大白鞋，狠狠地摔在地上，继而娴熟地“伫立”大鞋中央，开始了得意的刬行之旅……

世上还是妈妈好

2018年4月20日凌晨一点初稿

2018年4月13日（周五）一大早，冒着蒙蒙细雨驱车赶往北京，按照计划接外孙宸宸回保定小住数日，原因之一是需要为“五一”假期带外孙去海南旅游做些准备，二是也想让女儿她们稍微放松一下。一岁九个月大的外孙除了去年“十一”断奶的时候离开过爸妈几天外，每个晚上都由妈妈爸爸带，真是尽职尽责但也确实非常辛苦。

虽然在杜家坎被“坎”绊了大约一小时，西三环也十分拥堵，但我还是在九点半就赶到了位于官园桥外的女儿家。夫人已做好充分准备，大包小裹加童车转瞬装进车内，姥姥怀里的外孙手舞足蹈钻进后排座椅空间，即刻踏上归程，正午时分就回到姥姥保定家中。

因为女婿勇麒临时出差，女儿当晚也赶回保定。有妈的地方就是家，所以，整个周末，宸宸吃的香，玩的乐，睡的安。

周一日出时分，女儿洋洋就十分不情愿而又无可奈何地坐上高铁回京上班了。宸宸这么大对亲人离别还没有什么清晰的概念和感觉，但他潜意识里的亲情尤其是对妈妈的依恋，在接下来的几

娘儿俩

天里着实让人惊叹和动容。

宸宸白天玩的还算好，尤其是姥姥专门从网上购买的“奔驰 G63 越野吉普车”，双驱顶配黑色车身，酷极了！他也喜欢的不得了，里里外外观察，逐个按钮摆弄。教他挂上前进档，一脚“油门”冲出去，把个七彩城堡撞得“墙倒屋塌”。

晚上九点多，本该睡觉的时候了。宸宸却拎着玩沙子的小塑料桶坐在童车上一声不吭，姥姥推着满客厅转，几次三番想要抱起哄他睡，他都撅着嘴推开大人的手闷闷不乐。到后来一下子把小桶摔到地上呜呜的哭起来。没有办法，我只好“强行”抱着他回到卧室，他趴在我的肩膀上打着挺的大哭起来，嘴里喊着“妈妈，妈妈……”鼻涕眼泪蹭了我一肩头，我哼着自己编词的摇篮曲也不禁哽哽咽咽断断续续，眼眶中忍不住的泪水与客厅传过来的姥姥的唏嘘抽泣声和作一处……幸好没过多久外孙就进入了梦乡。睡梦中眼角还泛着泪花，小嘴巴却已涌起微笑，这是梦中已扑进妈妈的怀抱了吗?

这几天我们换着样的给宸宸或在家做或到外面饭店吃饭。“北斗星”的猪肉馅饼加燕麦果仁粥，“美食山”的小白菜炖排骨、砂锅素丸子加米饭，北国先天下美食城“味千拉面”的儿童套餐，“上海十六弄”的生煎和小笼包，保百购物广场地方小吃街的“面爱面”等等，宸宸吃起来是津津有味喜笑颜开。在家里，专程从邯郸赶来帮忙的姑姥姥精心烹调，八十五岁的太姥姥跟前撵后，外孙被爱心包围着，现在的孩子那才叫幸福无限啊。每天晚饭后，女儿都会发微信：宸宸睡了吗？我们都装作若无其事的样子回复：睡了。最多说一句：看来有一点想妈妈。

周三晚饭后，宸宸在城堡里玩了一阵“机器战警出征”和“小精灵回家”，又在“奔驰车”上很好地操作了一番，尤其是 MP4 播放的安全教育卡通动画片已经深深地吸引了他。过了一阵子，他主动要求换上外出的鞋子并戴上小帽子，拉着我的手走到入户门口处，我问宸要干什么呀？外面天黑了，不好出去了。他竟然用小拳头敲着门吐字并不很清楚地喃喃道：爸爸妈妈！洋洋。

周四下午，我早些下班回到家，听姥姥介绍今天宸宸表现很急燥，中午姥姥的姐妹们请她们娘俩去吃饭，宸宸根本就坐不稳而且大发脾气，这么大的孩子正是认生的时候。而下午竟然没有睡觉，可能也是想妈妈了。我亲自给宸宸做了晚饭，有虾仁里脊炒西葫，煮熟糯玉米，并下好面条。但他似乎并不急于吃，又拉着我的手要出屋，这次清楚地喊妈妈，我安慰说宝宝好好吃饭，我们很快就回家找妈妈。他还是不依不饶地指着电梯，我耐心地抱着他上上下下地跑了十来趟，终于分散了一些注意力才回家坐到儿童餐椅上。太姥姥一听到重外孙喊妈妈就老泪纵横忙不迭地建议：赶紧赶紧，明天就带孩子回北京吧！

世上只有妈妈好，有妈的孩子像块宝，再多爱也代替不了妈妈的爱。有育儿专家称：妈妈爸爸的爱护和陪伴，才能使孩子真正幸福而有安全感，特别是六七岁前绝不能让孩子长期离开父母。

2018 年 4 月 20 日上午补记

今天早上，宸宸六点就醒了，我们决定带他去“油条哥”买早点，穿戴整齐后我牵着他的手往外走，单元门刚推开，宸又在嘀咕：洋洋，妈妈！明天一早必须带外孙回到妈妈爸爸身边。昨晚写这段文字时我一直以泪洗面，今天上午修改了一遍，泪水仍然模糊着我的双眼，我的感情好像从来没有如此脆弱过。一定要等他们母子团聚后详细给他们讲讲这段故事。

外孙情系棒棒糖

2018 年 7 月 29 日夜

外孙宸宸刚刚过完两周岁生日。近一两个月来的“现阶段”，他树立了一个坚定而执着的信念——为棒棒糖而努力奋斗！

其实一直以来我们对宸宸在诸如糖果、饮料等不适宜的方面管束是十分严格的，几乎没有给他什么接触的机会。也不知是哪一天在小区东侧的一家小超市里，宸宸偶然在收银台上得到了一颗棒棒糖，当时我们完全没有在意。

前几天的一个上午我带宸宸去散步。走出小区南门口，一般情况是右转向西到“巴黎贝甜”小憩，或是到附近的儿童乐园做游戏。但今天他却小手明确的向左一指，自己带头向东走去。到了东边路口我牵住他的手想让他去对面的小广场，而他却毫不犹豫地拉住我向北走，嘴里还“那儿，那儿！”叫个不停。坏了，中了小家伙的圈套了！进了小超市门口，他伸着两只小手让我抱起走到收银台，然后倾下身子迅速从插满棒棒糖的园筒上精准地掠过一只，脸上露出心满意足的微笑。

回家后我向姥姥讲起刚才的故事，姥姥却笑着转述了另一件宸宸追求“信念”的情境。前不久的一天，奶奶和保姆阿姨领着他在外面玩。正是盛夏时节，大人小孩都汗流浃背的。这时宸宸一反常态，不怕炎热也不让大人抱，而是自觉地但却是坚定地向小超市走去，奶奶几次想抱他都被果断拒绝。奶奶感慨道：我孙儿是怕被抱起来失去行动自由而达不到目的呀！啥也别说了，虽然未带分文，赊也得让俺孙子得到这个棒棒糖。

今天是周日，下午四点多的时候，说好让姥姥、妈妈带宸宸去巴黎贝甜，而我去小超市买些菜，以有效管控棒棒糖“风险”。祖孙三代先出发了，我改过两首以前的诗稿后也出了门。走出小区大门向东一拐，咦？前面不是祖孙三人的背影吗？很明显是宸宸拉着妈妈的手在起着主导作用。紧撵几步赶紧发问，女儿说在巴黎贝甜只喝了些果汁就拉着我们向这边走，难道听出了我们的“密谋”，识破了我们的“诡计”？反正为了棒棒糖而来呗。只见宸宸右手拿着一把大蒲扇，自己扇两下又按要求赶紧讨好的给妈妈扇两下，唉哟，不管采取什么手段，坚守信念达到目的是真理呀！

执着

从一口油条想到姐夫其人其事

2018 年 11 月 20 日

今年初冬时节，我因为参加在邯郸职业技术学院举行的河北省普通高校校长体育比赛，回到了故乡邯郸。我和二位同事参加了乒乓球团体比赛，个人参加了单打快乐组的比赛，并且分别还取得了季军与第五名的骄人战绩，心情自是十分快慰。这应该是我最后一次参加该赛事了，因为河北高校正在换届，由于年龄原因我很快就要退居二线了。

在比赛关键时刻，我的姐姐和姐夫从厦门飞回来给我和队友加油助阵。比赛结束后，我和夫人很习惯很自然地住进姐姐家里。又是香甜的玫瑰花茶，又是洗好的床单被罩，又是热呼呼的洗脚水……好熟悉好温馨的感觉呀！

第二天早上，我们婉言谢绝了姐姐姐夫包饺子“发脚”的美意，他们只好安排在星城国际小区东门南侧的“一家亲”早点铺共进早餐。茴香馅儿包子是夫人的最爱，油炸菜饺鲜美可口，八宝粥、豆腐脑、豆沫等丰富多彩，让人胃口大开，食欲高涨。这里要单说一下，“豆沫”是邯郸地区特有的早餐美食，用太行山生产的小米、黄豆磨成面打成糊状，里面再加上花生米、黄豆、豆腐条、绿色菜叶，盛碗后撒上芝麻盐，入口香鲜糯滑，绝无仅有！我随口道：喝豆沫绝配是油条啊！服务员倒是很“机灵”地应声送上热呼呼的炸油条，姐夫边起身边说，对面小摊的油条那叫好，这里的要逊色的多。当我三下五除二吞下大半根油条，确实感到水平一般，而且油条“头起”跟死面一样没有发起来，难以下咽。这时姐夫急冲冲跑回来拿着几根金黄酥软的油条递过来，又劈手夺过我手中的油条根：别吃这个了！但转瞬他却塞进了自己的嘴里。我和夫人都惊讶了，心里热乎乎的，眼框也潮湿起来……

姐夫是一个乐观向上的人。姐夫今年 63 岁，一米八几的大个儿，身材挺拔伟岸，言语幽默风趣，神情笑容灿烂，唯一美中不足的是“小眼聚光”，常被我们这些小舅子们拿来作笑柄。他有一口比较浓重的东北大茬子口音，饭桌上、闲谈中总有契合语境氛围的连珠妙语，逗得人们开怀大笑。

姐夫是一个有作为敢担当的人。姐姐、姐夫上山下乡在一个集体户，又在一个毛泽东思想宣传队，自然而然产生了无产阶级革命感情——现在说肯定是炽烈的青春爱情了。姐夫毕业于哈尔滨工业大学工民建专业，二十七八岁就当上了吉林乾安县的城建局副局长。姐姐在上世纪 80 年代中期面临随父母返籍河北邯郸市的选择，姐夫不但坚决支持还挂印辞官随妇迁徙。当然，是金子总会发光的，后来他做了邯郸市环卫处处长。

姐夫是一个有主见守原则的人。我 1987 年从部队转业到政府部门工作，后来当领导干部 20 多年。姐夫每每提醒我工作要认真，君子爱财取之有道，大是大非要清醒。就是在家庭里边也是尊长爱幼，对后辈人经常晓之以理动之以情，常常勉掖孩子们循规蹈矩，发奋图强。

姐夫是一个生活精致干活细致的人。今天早上我看到姐姐家好多盆的芦荟生机勃勃，便提出带几枝回去栽培的申请，姐姐拿着剪刀比划了一阵子，说这样的细活还得让你姐夫来。据说家中酒柜里、搁架上的物品都是姐夫摆放，井井有条，疏密适度。就连偶尔的饭前备菜、餐后洗碗，那也是做得滴水不撒如艺术制作一般。

战友重聚青岛掠影

2018年7月21日

2018年7月17日至20日，来自江苏南通的吴则成、吉林长春的李维田杜金萍夫妇、河北保定的我和夫人，大家相约一起回青岛看望老战友老首长宋国山及夫人宋文卿。青岛胶南古镇口舰艇基地是50年前战友们一起工作学习战斗过的地方，更是我们心中的圣地和精神的守望！

17日下午，来自三地的战友下榻在城阳瀚源国际酒店，老首长宋国山的居所百福庄园近在咫尺。宋先生是我和李维田的汽车连老连长，后来任基地工区后勤部副部长。我与吴则成是工区司令部计划科参谋。当晚宋夫人举行隆重宴会，欢迎来自四面八方的战友及军嫂们。

18日下午，战友们怀着激动的心情回到了阔别40余年的古镇口基地。参观了如海上长城般的防洪堤、岛堤、码头等。在原汽车连营房前的围墙上刻有红底金字的《古镇口赋》前合影留念。在原基地工区司令部——当时军港建设的指挥中心，大家院内院外流连，我与吴参谋在当年的办公室门前驻足凝思，物已旧而人亦老，惟雄心与真情尚在。当来到工区后勤部、十团司、政、后办公楼群、工区大食堂、小招待所，一切还是那么熟悉，当年热火朝天，现在却人迹罕见，只有东边的帽子峰仍然高耸在白云蓝天，铭刻着一代海军战士炽热的情怀和无怨无悔的付出……

是日晚，友人臧女士于海信广场设宴款待我们一行，我的老同学老战友老同事付金国于建萍夫妇欣然赴约。夜幕降临时分，上合组织青岛峰会主场灯光秀精彩纷呈。

19日上午，首先看望了曾任海军第一艘驱逐舰政委、后任工区副政委我们十分敬重的孙仰智老首长。我和吴参谋的老同事后任工区参谋长的冯生礼在青岛小馆设宴畅叙，同在计划科的逄作联参谋参加。晚上，老同学加战友付金国邀乾安同乡王立春夫妇、老朋友齐志广夫妇陪同我和夫人在青岛啤酒博物馆门前开怀畅饮，宋连长在家中设席与孙政委、吴参谋、维田夫妇小酌，时时处处充满浓浓战友情谊。

20日一大早，我们与宋连长夫妇依依惜别。再见青岛！再见了，老首长老战友！愿我们常常相聚！

注：故地重游之后，宋连长编辑了此行掠影，命我写了以上文字作为简序。

戊戌秋日寻访下花园、涿鹿名胜记

2018年9月2日

2018年8月24日下午三时许，女儿驾车，我与夫人在后排座上看护着外孙宸宸，祖孙三代一行四人离开京城奔赴西北方向的张家口下花园区。此行的主要目的是去慰问战斗在工程一线的女婿勇麒。勇麒作为项目负责人昼夜奋战了三个多月，终于在前几天向省旅发大会献礼并受到各界好评，故也邀请家人参观以彰显成果。还有下花园毗邻的涿鹿可是四海闻名的华夏第一帝都，著名的涿鹿之战古战场，当然也要得一游之快了。

才出京城宸入睡
白云伴我西北行

昨天刚刚处暑，京城顿觉天清气爽，碧空也现出天高云淡的神彩。一开始宸宸前瞻后视左顾右盼，可能感觉到要去看爸爸，他抑制不住兴奋，开心地大喊大叫。但出城不久困意阵阵袭来，不大一会儿酣然睡在姥姥怀里。一路过居庸关、八达岭、官厅水库，约两个半小时到达下花园蓝鲸泛海酒店。

下花园以盛产煤炭、电力著称，是一座矿山型城区。现在正转型发展，因交通便利、气候凉爽宜人，加之2022北京冬奥会的助力，碧桂园、万科、蓝城等地产公司争相投资开发建设。蓝鲸泛海座落在下花园东北区位的新城区。我们到达时勇麟尚在区政府汇报工作，由此可见确实忙的不可开交。晚上勇麒为我们举行“盛大欢迎宴会”， 我们也郑重其事的代表×××、×××“表示亲切慰问”，小宸宸刚见到爸爸似乎有点不好意思，爸爸一把抱起骑上脖子，他马上就笑逐颜开，左一下右一下地亲开爸爸了……

玉帝威镇黑风口
始有雄奇鸡鸣山

下花园区商、周时为冀州地，战国时为燕国疆土，秦汉属幽州上谷郡。据《辽史》记载，下花园因辽萧太后、辽圣宗耶律隆绪时期建上、中、下三个花园而得名。现隶属张家口市，辖花园乡、辛庄子乡、定方水乡、段家堡乡，2012年总面积315平方公里，总人口67648人。

翌日上午九点，由本地二位友人带领登临此地奇景鸡鸣山。下花园区为丘陵与浅山地貌，四周山岭环抱但山势平缓，然其东南2公里处孤峰突起高耸入云，何哉？据传，当年这里是个黑风口，住着一个黑风怪，发起怒来飞沙走石，周围百姓深受其害。玉皇大帝得知后，便从南方调来了这座山，堵住黑风口，捉住黑风怪，百姓才得以安宁。因为它是一夜之间飞来的山峰，人们便叫它飞来峰。

飞来峰为何改叫鸡鸣山呢？这可追溯到公元前 475 年发生的一个悲壮动人的故事。《史记》记载：春秋末期，晋国诸侯赵简子亡故，儿子赵襄子继位。赵襄子借机约其姐夫代国国王到夏屋会盟，令其厨人在宴席上用铜料击杀代王，致使代王肝脑涂地。事前赵襄子就派人到蔚县附近的代王城接其姐姐代夫人回晋国为父奔丧。当一行人来到飞来峰下时，代夫人才从飞奔而来报信的代王随从口中得知赵襄子为吞并代国而杀害了代王。面对飞驰而来的弟弟，悲言道：以弟慢夫，非仁也；以夫怨弟，非义也。随即拔下了头上的金笄，在山石上磨了几下，自杀身亡。当地百姓敬佩代夫人的忠烈肝胆，为永远纪念她，为她在山下筑墓地，在山上修祠，供奉她的塑像，并把飞来峰改叫磨笄山。后来，在代夫人墓和祠上常有雉鸡鸣叫飞舞，又把磨笄山改称鸡鸣山了。

鸡鸣山海拔 1140 米。由于时间关系加上带着小外孙，我们谢绝了友人登峰的邀请，跨入山门后就原路返回了。据友人介绍，山顶有一座桥，不管山上有多大的风只要登上此桥立刻一丝风也感觉不到，甚是奇怪，遗憾未能登顶体验。

如愿到达段家堡
登山步道绿如烟

大约十点半离开鸡鸣山，车向东北驶出 10 公里到达段家堡乡。这里是勇麒昼夜奋战了三个多月的主战场，他是临危受命首次担纲项目总负责的。工期紧迫，任务繁重，又需要统筹协调各方关系，其艰难可想而知。期间曾三次发烧而不离开工地，有一次回北京办事后需立刻返回，竟然“车过家门而不能入”，也确实有过“夜深忽梦妻儿事，嗟吁独自泪飞弹”。有所失必有所得，以“国家农业公园，户外运动天堂，京西康养福地”定位的段家堡 64 平方公里全域开发一期工程终于向旅发大会献礼！

首先映入眼帘的是矗立在乡界上的公园大门。大门两侧擎天巨柱似秦皇汉帝之宝冠造型，皇宫墙的红色，既有皇家宫阙之蕴意，又有山区梯田之表象。其中一侧写有“段家堡农业公园”，另

公园门户

一侧为“半马天路千面山田”。穿门而入，沿路景观有：天马坪、农机乐园、吉娃乐园、福牛乐园等依次展开。“牛心山爱情谷”核心主体工程已经拔地而起，将为旅游、休闲、度假者提供一个游购娱养、居家置业的现代化风情小镇。“山行六七里，渐闻水声潺潺而泻出于两峰之间者”，三叠泉、马尾瀑也。沿着绿色的沥青登山步道婉延爬坡而上，接着是1100多级木质登山步道如游龙戏水一般穿行在原始次生林中，幽深绵长。置身于天然氧吧中，让人不知不觉中大口深呼吸起来，沁人肺腑啊！步道两侧不时点缀有亭台阁榭，可供游人休憩。及至登上海拔1765米的天马峰，站在宽广的观景平台上，一览群山峻岭，极目蓝天白云，此时此地，虽未能把酒临风，亦有宠辱偕忘心旷神怡的喜悦！

据介绍，下一步将在这里沿山脊开拓建设半程马拉松跑道，哇！这个应该是举世无双啊！这时我才领会到公园大门一侧的“半马天路千面山田”八个大字的内涵了，真是匠心独具，突显户外运动天堂之特色。

该项目虽然尚未商业运营且在游客中心处设了路障，但停车场已有许多车辆停放，游人们已经迫不及待沿着登山步道上上下下乐不可支了。

涿鹿之战定帝都

躬身膜拜三祖堂

中午在段家堡吃了顿地道的野味野菜后，立马返回下花园下榻的酒店，与上午陪同的友人会合一同赶往涿鹿朝拜中华人文始祖。下花园向南大致 18 公里即是涿鹿县城，而从涿鹿到黄帝城风景名胜区所在的矾山镇则还有近 40 公里。

史上涿鹿之战，是说距今大约 4600 年前，黄帝部族联合炎帝部族，与蚩尤部族所进行的一场大战。“战争”的目的，是双方为了争夺适于牧放和浅耕的中原地带。涿鹿之战对于古代华夏族由野蛮时代向文明时代的转变产生过重大的影响。据考证涿鹿之战就发生在河北涿鹿大地上，是中国记载最早的战场，黄帝与蚩尤决战于此，以蚩尤的失败收场，奠定了黄帝轩辕氏成为中国人文始祖的

源远流长

三祖后裔

地位。

景区导游员热情地接待我们一行。首先参观了中华三祖堂。中华三祖堂位于轩辕湖之东、黄帝泉北200米原黄帝祠遗址之上。殿内泥塑的高6米的三祖立像，形态各异，栩栩如生。居中的黄帝气宇轩昂，右侧的炎帝睿智儒雅，左侧的蚩尤勇武彪悍。大殿墙上四幅大型壁画分别是“涿鹿大战”“合符釜山”“定都涿鹿”“阪泉大战”。我们顶礼膜拜，愿先祖护佑国泰民安。

三祖堂正南广场上是规模宏大的“中华合符坛”。《史记》载：黄帝在涿鹿之战后，曾合符釜山。符为古代信物，合符即黄帝与各部族首领会盟议事。釜山位于涿鹿县西南，山上至今保留着古合符坛遗址，并有合符石为证。中华合符坛，正是为了纪念“黄帝在涿鹿釜山合符、中华民族实现首次融合”这一伟大历史事件，弘扬合符文化而建。

中华合符坛工程总规划占地面积1100亩，工程主线将沿着正南、正北方向布置，主坛分四层，包括一层方坛和三层圆坛，寓意着“天圆地方”。方形坛基高6米，坛面为99999平方米的“中华统一广场”！广场四角镶嵌象征四面八方向中央辐辏的四块“合符石”。在纵贯中华合符坛的千年文化神道上，依次排列着嫘祖浣纱、三祖桥、华表、中华一统广场、中华合符坛、民族图腾柱、九龙柱等景观。

据介绍，涿鹿境内有黄帝文化遗址23处之多，由于时间关系我们走马观花地游览了附近的黄帝泉、轩辕湖、黄帝城遗址等。眼见夕阳西下，落日余辉中依依不舍地踏上了归途。

2019年4月4日夜改毕

南下广州“乒乓”记

2018年12月24日

首届全国高校“教授杯”乒乓球比赛定于2018年12月21日至23日在广州举行。一心随笔边行边记吧。

办公室集体壮威
旭日升满天祥瑞

21日7点50分，我校参赛代表队一行10人准时在办公楼前集合，乘中巴前往正定机场。校工会主席、领队杨彦博忙前忙后，教练李静老师搬上搬下。按理说这领队、教练可是领导啊，尤其李静这个80后小女孩曾经打过国家二队，乒乓水平在保定是“大姐大”，但他们早已为组队、报名、购票、出行做了大量准备工作，真是我们这些老选手的贴心好保障。

这时校办主任马丽娟，副主任赵永军、刘佳，还有帅哥刘志军一同来为我们壮威送行。香蕉、草莓、沙糖桔让我们心里暖暖的，也饱含了同事们的鼓励和期冀。最后走出办公楼的队员是学报编辑部主任崔福林教授，与送行的同事一一握手登上中巴。

车子出了学校大门分分钟就上了京港澳高速。这时一轮红日慢慢升起在东方，旭日的光芒照耀在燕赵大地上，充满希望的新的一天开始了。

因为是第一次参加全国性的比赛，大家都挺兴奋但也很忐忑。有道是“知己知彼百战不殆”，可我们是“知己不知彼”呀。一个月前，副校长徐景星、回顺利和我在河北省第十三届校长体育比赛中夺得乒乓球团体季军，景星同志还拿了个男子单打健康组冠军，均为史上最好成绩。这次全国赛设男单、女单、男双、女双四个项目，我们三人都报了两个项目。人事处长刘育明是个体育全才型小明星，乒乓球、羽毛球、排球、篮球大小球“通吃”，我们俩多次配合参加学校教工乒乓球比赛男子双打，还曾经荣获过冠军。美术学院陈宝军教授是我们队唯一一个打横拍的。继续教育部副主任韩素兰教授攻防兼备，与思政部魏晓玲教授将搭档女子双打，希望寄托在女队友哟！

天上飞行三小时
地下已由冬到春

由石家庄飞广州大约1700多公里，航行不到三个小时。机上有两件事略有点意思。

一是我们预订的机票中包括我有几位是机舱中间紧急出口的前一排。有同志说，后边那排空间很大多舒服！我记得订这种座位要具备一定条件：要会英文，身体健康。一旦遇到紧急情况需要挺身而出，按说明操作打开逃生出口。我摸索着想要调整座椅靠被，唉？还找不到那个扶手内侧的小按钮了，咱也是满世界飞过的呀！左右同事也同样不得要领，只好请教空姐。当被告知：紧急出口通道前一排的座椅靠背不能调整角度时，叹曰：随时随处“涨姿势”哟。当我们申请调换到机仓后部空闲的座位时，空姐又告知：售票时是考虑配载平衡的，起飞过程中不能随便调位，但到了平飞层是可以的。看看，“姿势”不断地涨呢。

二是大家在等待起飞时，杨主席拿着手机又是拍他人又是自拍的，应该是想留些纪念和资料，过道上走过的空姐很严肃的指令删掉有她身影的照片。这一幕在去年我乘飞机时上映过，我还是不解其意。现在的时代选美、网红、小鲜肉，美女岂是你空姐独有的桂冠？但我们还是尊重人家的自主权、肖像权吧。

中午一时许，飞机开始降落。大片大片、大朵大朵的白云在修长的机翼上下飘浮。可是从正定起飞的过程中，却是污浊的天空，有同志说飞入“云端”就有人马上附言飞入“霾端”。飞机继续下降就陆续看到青山绿水，还有错落的民居和纵横的道路。

飞机着陆时广播报告地面温度是25摄氏度，坐摆渡、取行李、乘出租，脱棉袄、脱毛衣、脱毛裤，仍然大汗淋漓。路两边鲜花盛开绿树掩映，这不是从冬天一步跨入春天了吗?

熙熙攘攘开幕式

哔哔叭叭同框谁

22日7点30分，我们代表队一行10人，统一着运动套装，从裕通大酒店出发，步行十几分钟到达了华南师范大学体育馆。大家精神焕发，准备在庄严的开幕式上一展保定学院风采。

座落在中山大道的华南师范大学现称石牌校区，是个老校区。体育馆的五楼是比赛场地，我感觉这是二十世纪七、八十年代的建筑，还是那种混凝土浇筑的梁板结构，空间不够大。场地西侧布置了背景板，上面大字标明：首届全国高校“教授杯”乒乓球比赛，下边落款几行小字：中国大学生体育协会主办，中国大学生体育协会乒乓球分会执行，

同框世界冠军

华南师范大学承办，广东省教育厅协办，真是档次巅峰啊！但是当主席台人员相继入席，主持人铿锵司仪后，我们十分诧异：没有导引牌集合吗？没有整队入场吗？没有护旗卫队吗？没有庄严列阵吗？甚至后排的球台还有人在练球。太不可思议了，大家就这样散散落落、三三两两站着交谈着，仪式却在按部就班进行。但随着主持人威严宣布：全体注意奏唱国歌时，立马全体在场人员顿时原地立正，面向国旗行注目礼！

主席台上就坐的二位女士非常引人关注，当主持人介绍这是世界冠军陈静、刘伟时，顿时掌声雷动！全体参赛人员立马都变成记者，镜头聚焦二位巾帼英雄。我抢拍的照片一幅是刘伟与左侧同志倾身交谈，一幅是陈静右转头扬眉霸气外露，两幅作品还是很传神的。仪式后大家争先恐后围住二位国乒名将合照留念，我也不失时机抢到机会拍了合影。然后马上用“美图秀秀”拼图发给亲密朋友圈：南下广州不虚行，同框世界两冠军。

慷慨激昂何所惧

屡败屡战犹光荣

这次比赛的四个项目，男、女单打分45岁以下、46至60岁、61岁以上三个年龄组，而男、女双打则可跨校自由组合。男子单打46至60岁组约有180人分为45个小组。其它组别人数各不相同。我们8位运动员单打都在46至60岁这一年龄段，双打也都是我们自己的组合。

比赛开始大家精神抖擞“人自为战、村自为战”地分别投入比赛。我这个小组共四人，第一个对手的是唐山学院的老师，由于对方不谙长胶很快0:3败北，接下来我同样以两个0:3败给武汉体院的滕守刚和牡丹江的老师。其中滕老师的球艺让我十分钦佩，这也让我后来编出一个段子。但小组赛前两名出线算是没我的事了。

几位同事虽拼尽全力但只有徐景星、韩素兰二位进入第二阶段，其他都惨遭淘汰。四对双打只有徐景星、崔福林组合进入前十六，其他均止步小组赛。徐、韩二位复赛第一轮又无建树，特别是韩老师在决胜局双方比分交替上升，打的十分胶着，最后同时到达赛点之后惜败让大家唏嘘不已。在每场比赛时只要有时间大家都集中在一起为队友呐喊助威，体现了集体意识和荣耀感。武汉体院的滕守刚左手持拍且左肘受伤肿胀包扎，却一路过关斩将夺得含金量最高的男单冠军，确实令人敬佩和感动。后来当有人问到我的比赛成绩如何时，我故作遗憾道：输给冠军了！

23日下午大家兴趣十足地看完各个项目决出冠亚军后，举行了简短的闭幕式。同志们纷纷表示要卧薪尝胆刻苦训练，争取明年在天津举行的第二届比赛中能有较大进步。

战友相聚南粤

2019 年 1 月 20 日结稿

广州的乒乓球比赛后，邀老连长宋国山从青岛飞来，与广州的几位老战友相会，借此机会上演一部战友重逢的续曲。

老连长乘夜飞来 众司事热情相迎

参加广州乒乓赛事确定后，我报告宋连长并倡议一起去广州见见几位分别40 年老战友，没想到宋连长很快就决定南下，并让女儿预订了 23 日晚到白云机场的航班，说这样不会影响我们的集体活动。老连长总是一事当前先替别人着想。

宋连长乘机场大巴晚上九点半才到达我们住的裕通大酒店，我事先约好的学校同事在酒店门口热情欢迎并送进房间，寒暄过后我让同事速去休息，因为他们返程的航班是明天早上七点，凌晨四点就要起床赶赴机场。

送走同事后拉着老连长出酒店、走天桥过中山西路，寻了“渝味酒家”而入。因为昨天晚上九点多赛后在此夜宵感觉还不错。四味小菜半斤老酒就着絮絮话语和浓浓的情意不觉间已过子夜时分。

一别部队四十年 锦绣花城喜团圆

我于 1977 年 3 月新兵训练结束后分配到海军工程兵十团汽车连，当时宋国山任副连长，连里有一批广东汕头1973 年当兵的战友，我们这些“新兵蛋子”感觉他们是很老的兵了。对于这批战友，我记忆深刻的有四位：一个是油料员陈清钦，黑黑瘦瘦的，似乎对美食和养生特感兴趣。经常到海边从礁石壁上敲打些海蛎子回来熬粥，说是大补呢。同志们经常你尝一口我抢一勺的，其实有的是故意逗的。为了防止他的大补粥被“蚕食”，老陈经常虚张声势地往煲好的粥里“吐痰擤鼻子”，看的别人好恶心而唯恐避之不及，这可中了老陈的“下怀”了。可惜了这么个人转过年竟患了肝癌，不久就去世了。其时我已当了连队文书，受命起草悼词时也仿照报纸上“伟大革命家”“继承遗志”云云，后来首长说用词过当。

第二个是朱贤武，连部材料员。浓眉大眼方正脸，为人老成内涵丰富，文言文很有修养，字也写的极漂亮。他像老大哥一样关心爱护我，对于我的进步成长有一定影响。1978 年 3 月，他退伍时送给我一本小影集，在扉页上作别赋赠我：别鲁赴南粤，倍惜建深情。倘有游会处，奉酒敬尊君。又赠言：好学上进，前程似锦！朱贤武退伍后，我们保持了很长时间的通信，大约五、六年前他忽然来电话说生病了，想联系北京某医院专家。我尽力联系好，后来从他女儿话里得知他患的是胰腺癌晚期，只能选择在家保守治疗。这次到广州前多方打听都没有获得他的消息，我手机电话薄里他的号码已是空号，而他女儿、儿子的号码也都不在了。失望中，我忽然想起曾下载手机联系人电话号码存到电脑，赶紧让夫人查找。终于找到了其儿子的电话，然而传来的消息却是朱贤武同志已于五年前故去。想起他“倘有游会处，奉酒敬尊君”，现在已是两个世界，“南粤寻故友，奉酒不见君”，令人格外感伤……

第三个是黄秋明，勤勤恳恳兢兢业业地履行上士（给养员）职责。炊事班上士的做人做事与全连的伙食好坏关系很大，采买的菜米油盐质量好不好、数量足不足那可是道道很多。但黄上士买回的菜又鲜又嫩份量又足，连队的伙食水平不断提高，受到连首长多次表扬，同志们也都竖起大拇指。还有一个关于他的小秘密：当时军供站的一个很漂亮的大嫚儿（山东一些地方对大姑娘的叫法），常给我们连预留下质量上乘的蔬菜，这当然与黄上士有关，有时我们会拿这个起哄，黄上士红着脸嘟囔着：哪有哪有……但据说他退伍后给老连长来信还打听那个大嫚儿。但我敢向毛主席保证那时他们的感情绝对是纯洁无暇的。

第四个是黄怡明，高挑儿个白白净净，被推荐去团部当小车班长。不但自已给团首长开着羡煞人的军绿色的 212 吉普车，还管着同样的七八辆小车，那可是神气得很，后来他提拔为排长、副指导员。

24 日上午十时，我和宋连长来到酒店大堂迎接战友们。刚出电梯迎面走来黄秋明，精干的身材依然如故但脸上已经镌刻出许多皱纹。他于 1979 年转业，我们已整整 40 年没有见面，握手相拥激动万分。对老连长他自是印在脑海装在心中，而对我他则幽默地说：对，连部小张，只是“尺码”大了很多。没几分钟，黄怡明带着另外两个战友赶到酒店。他转业后曾去青岛见过宋连长，我 2010 年来广州也见过他。另外两个战友一个是林吉生，瘦高个儿，眼睛很有神，干过多年刑警，现在综合执法局工作。另一个叫许文南，在医院搞彩超检查的。

他两人是1979年入伍的，与我在一个连的时间很短，所以印象确实不太深刻。他俩退役后也无机会见连长，更不用说见我了。

六位东西南北的老战友几十年后相聚广州，自然有说不完的话抒不尽的情。因我事先作了些功课提出一个活动方案并获得通过：去黄埔军校旧址纪念馆，参观孙中山纪念堂，傍晚游览广州塔、赏珠江夜景。

雨中馆外瞻黄埔
珠江北岸游沙面

我们都是军旅出身，当然对黄埔军校旧址充满向往。出租车在濛濛细雨中一路向东南穿大街过小巷，拐了好几个弯，行程20多公里，到达位于黄浦区江边的军校旧址。但站在简陋的售票窗口里的服务员告诉我们：每周一休息闭馆。太遗憾了！不但我和宋连长不远三千里慕名而来，就连广东这四位战友

黄埔军校旧址

也不曾来过。带着莫大遗憾，我们只好步行徜徉于旧址其间，先后在黄埔军校纪念馆、军校码头、孙总理纪念碑、校本部等处留连并合影留念。黄埔军校与那些叱咤风云的历史人物不断在脑海浮现，这里是深刻影响了中国近代革命历史的走向和进程的地方。

由于同样的原因，参观孙中山纪念堂的计划改为去沙面旅游区。沙面又称拾翠洲，位于市区内珠江分叉口的北岸，因为这里是珠江冲积而形成的沙滩故称沙面。一百多年前这里是广州的商业重埠，鸦片战争后沦为英、法租界，在0.3平方公里范围内曾有十多个国家在这里设立领事馆，九家银行、数十家洋行在这里经营。现在的沙面多栋西洋建筑整齐排列，街道纵横宽广笔直，街道两旁的参天大树记载着沧桑的年轮，大片的花坛五彩斑斓鲜艳欲滴，滨江公园景色秀丽风光无限，沙面的环境与氛围恬静优雅赏心悦目。沿江而建的白天鹅宾馆是霍英东先生与广东省政府投资兴建的大陆第一家中外合资的五星级酒店，1983年开始营业，2015年经过三年停业装修重新宏张开业，徜徉酒店大堂感觉时隔35年至今不失高贵气质和迷人风范。

炳胜粤菜伴景芝
珠江夜登小蛮腰

游罢沙面步上珠江人民桥。这座大石桥，建筑十分考究敦厚，桥头设计建造有四个金色球顶的圆亭，中间设有观景平台，珠江在此分叉，一路向东一路往东南方向涌流而去，江面显得十分宽阔。过了桥坐上出租车便直奔战友们早已预订好的“炳胜品味天河店”，据介绍，这是广州粤菜中的大哥大。饭店很红火，虽然是战友提前预订，我们也只能在大厅获得一席之地。“脆皮叉烧”“冷水猪肚”“豉油皇鹅肠”“和味猪手”被称之为该店菜品中的“四大美人”。一盘烧鹅上来，入口品之，确实觉得与众不同。连长特意从老家带来两瓶山东名酒景芝陈酿，酒香四溢粤菜味美，老战友们觥筹交错，起坐频频，怀忆往昔，畅谈现在，描绘未来……

酒酣耳热，依依不舍，但终须握手道别。在我和宋连长的坚持下，广东这四位战友各自归去，我们俩乘着夜色坐出租沿珠江南岸寻广州塔而来。广州塔又称广州新电视塔，距离珠江南岸125米，因塔身如婷婷玉立杨柳细腰的少女，昵称小蛮腰。广州塔塔身主体高454米，天线桅杆高146米，总高度600米。曾是中国第一高塔，世界第二高塔，仅次于东京晴空塔，是国家 AAAA 级旅游景区。此时已是华灯璀璨，小蛮腰霓虹闪烁如身披七彩华衣蹁跹于浩瀚星空。我们购票乘直梯登塔转瞬到达 107 层 428 米高的观光塔，俯瞰珠江夜景如一条流光溢彩的琼琚分外迷人。

故地重游又八年
深圳新貌焕新颜

12 月 25 日一大早，我和连长紧紧张张的吃过早饭，乘高铁赶赴深圳北。保定同乡、在此做外贸的欧阳志刚早已等候在出站口。他 40 岁出头，敦实的个头，和善的笑容，在深圳 20 多年的历练，已经十分成熟，言语慢条斯理但很有见地。见面并简单沟通后，车子直奔深圳红树林保护区海边公园，接着去新近建成的“欢乐海岸世界”，这里云集了各种中华名小吃，选了西贝莜面村，还是北方饭菜可口。

午间小憩后漫步于世界之窗公园内，虽然埃及金字塔、美国总统山、尼加拉瓜大瀑布仍颇有气势，但各地旅游业日新月异的发展，景区层出不穷，现在看来总不象三、四十年前看到什么那么新奇震惊了。约五点钟欧阳来接，他提出建议：饭前沿深南大道走马观花看看今日深圳新貌。我们连忙应道：正合吾意！

从世界之窗一路迤逦向东，深南大道宽阔美丽。过了一段，两侧的高楼渐渐林立起来。我上世纪九十年代初来过一次，记忆中深南中路东侧有帝王大厦双塔直指蓝天，西侧有赛格广场高耸入云，这两座相距 2.4 公里的当年的标志性建筑夜晚互相有激光灯柱连接，蔚为壮观。欧阳告诉我们，这两座楼现在都已经沦为小弟弟了。这时他指向路的右前方，说那座白色尖顶的大楼是现在深圳第一高的平安大厦，共 118 层 600 米高。车子继续前行到了赛格广场，这里的楼群真的是鳞次栉比了，赛格大厦虽然地上 75 层 345.8 米高，但已经不显山不露水了。继续前行掩在一座高楼后边的帝王大厦终于露出脸来，它高 383.95 米，在 1996 年也是亚洲第一高楼呢！而刚才挡在它前面的是京基 100，高 441．8 米共 100 层。十分繁华的街道上车辆也显得拥挤，但没有看到那种没牌没照的老年代步车、观光车什么的，欧阳说交警管的特别严，绝对不允许这种车出现在道路上。

口岸连通港珠澳
渔女当惊世界殊

深圳本是改革开放以来迅速崛起的一座新城，高楼大厦的演变从一个侧面看出这座新城保持着勃勃生机。

12 月 26 日早餐后，从位于蛇口的深圳港口坐客船到珠海码头，再乘出租车直奔广州白云机场珠海香洲候机楼。一路上经过了情侣大道、珠海渔女、海滨沙滩等，椰树成行，绿草如茵，鲜花盛开，道路崭新，沙滩烁金，海浪拍岸，满眼的南国风光。

在香洲候机楼附近落住后，继续乘出租车直奔珠港澳大桥口岸。车子穿城过市然后沿珠海与澳门边界线上桥，没一会儿就盘旋驶上了建于海上的人工岛，“港珠澳大桥珠海公路口岸”一行红色大字映入眼帘。

珠海公路口岸位于港珠澳大桥珠澳口岸人工岛之上，是港珠澳大桥核心组成部分，总用地面积约107.33万平方米，总建筑面积 51.38 万平方米，是我国唯一的港珠澳互通、客货兼重的陆路口岸，主要功能是对香港、澳门、珠海的出入境客、货车及经三地过境的旅客进行通关查验和旅客运输。

与宋连长合影

我们落足的口岸建筑综合体共有三层，倘佯远眺，港珠澳大桥如蛟龙入海气势恢弘。港珠澳大桥于 2009 年 12 月 15 日动工建设，2018 年 10 月 23 日，港珠澳大桥开通仪式在广东珠海举行，桥隧全长 55 千米，其中主桥 29.6 千米、香港口岸至珠澳口岸 41.6 千米；桥面为双向六车道高速公路，设计速度每小时 100 千米；工程项目总投资额 1269 亿元。港珠澳大桥被称为“世界十大顶级建筑工程之首”，创造了七项世界之最，即最长跨海大桥，最长钢铁大桥，最长海底隧道，最大沉管隧道，最深沉管隧道，最精准深海对接，投资最多、施工难度最大。哇！怎一个“神女应无恙，当惊世界殊”赞得！更不要说珠海渔女了。

12 月 27 日，当我和连长坐机场大巴到达白云机场。千里相伴终有一别，再见，老连长！再见，广州！

赋

易州西陵镇白水港游记

二〇一六年六月二十六日

丙申仲夏，酷暑初酬[1]，万木葳蕤[2]，果蔬渐熟。友人邀予等赴易州云蒙山畔观光，并享采摘之野娱。

是日晨起，披曙色，驾轻车，辞督署[3]而北上，至廊涿而左折，近园寝[4]而之阡陌。绕金顶似潜蛟龙，掠古柏而生长风；缘碧湖以眺白帆，望晴空而闻鸟鸣。不期之际，渐臻佳境，西陵镇下，白水之港。及入斯地，芳草沃若[5]，鸡犬相舞；青砖飞檐，居庐[6]色古；街衢巷陌，错落有疏。

于是循幽径而徐登，度曲桥至峡崥[7]。望杏林之簇簇，喜梅实之蓬蓬。背阴凉则润如黄玉之累累[8]，朝阳光则灼若朝霞之彤彤。林中有佳人，浅吟缓歌；霓衣缟裳，翠笠云阿；皓腕[9]轻攘，玉颜珠落。忆春华之耕耘，颂佳果之团栾[10]。

少时，移步云蒙山口，绝巘[11]叠嶂，势抵五岳，气领三山[12]。耸千仞如壁立，峰连绵已接天。践巉岩[13]而生畏，叹蜀道之难攀。畅饮云泉[14]，沁予腑焉，神清气爽，羽化[15]若仙。欲振翅以翱游，俯太行于云端。

已而返归，至友人之氓廛[16]，炊烟残缕，鸡豚鲜腴[17]，清醴[18]醇溢，匏樽[19]相属。歌[20]曰：恍兮惚兮，身在人间，心在桃源[21]。

注：

1. 酬，《说文》：“酬，主人进客也。”此处为拟人手法，谓大自然酬谢宾客、酷暑初临之意。

2. 葳蕤（wēi ruí），草木茂盛枝叶下垂貌。汉东方朔《七谏·初放》：“便娟之修竹兮，寄生乎江潭。上葳蕤而防露兮，下泠泠而来风。”

3. 督署，直隶总督衙门。此处代指保定市区。

4. 园寝，建在帝王墓地上的庙。《后汉书·祭祀志下》：“古不墓祭，汉诸陵皆有园寝，承秦所为也。说者以为古宗庙前制庙，后制寝，以象人之居前有朝，后有寝也。”

5. 沃若，润泽貌。《诗·卫风·氓》：“桑之未落，其叶沃若。”朱熹集传：“沃若，润泽貌。”

6. 居庐，泛指住房。明刘基《愁鬼言》：“风雨飒洒，无以为居庐；霜雪凌冽，无以为衣裳。”

7. 峡崥，山脚。汉扬雄《太玄·增》：“崔嵬不崩，赖彼峡崥。”范望注：“峡崥，山足也。”

8. 累累(léi léi)，连续不断貌；连接成串。汉焦赣《易林·泰之小过》：“桃李花实，累累日息，长大成熟，甘美可食。”

9. 皓腕，洁白的手腕。多用于女子。三国魏曹植《洛神赋》：“攘皓腕于神浒兮，采湍濑之玄芝。”

10. 团栾，环绕的样子。宋范成大《次韵平江韩子师见寄》：“有情碧嶂团栾绕，无数朱楼缥缈临。”

11. 绝巘，极高的山峰。晋张协《七命》：“于是登绝巘，遡长风。”

12. 三山，此地为太行山、北岳恒山、燕山之交汇处，这里特指此三山。

13. 巉岩，险峻的山岩。战国楚宋玉《高唐赋》：“登巉岩而下望兮，临大阺之稸（xù，同蓄）水。”

14. 云泉，本意指山泉。唐沉佺期《辛丑岁十月上幸长安扈从出西岳作》：“云泉纷乱瀑，天磴屹横抱。”此处特指云蒙山口之云泉，清洌甘甜。

15. 羽化，道家谓飞升成仙。宋苏轼《前赤壁赋》：“飘飘乎如遗世独立，羽化而登仙。”

16. 氓廛，民家住房。明宋濂《遯耕轩记》：“署居与氓廛孰安？章绶与民服孰华？”

17. 鲜腴，新鲜肥美。唐王绩《古意》之三：“丰骨输庙堂，鲜腴藉笾簋。”

18. 清醴，清酒。三国魏曹植《侍太子坐》：“清醴盈金觞，殽馔纵横陈。”

19. 匏樽，匏制的酒樽。亦泛指饮具。宋苏轼《前赤壁赋》：“驾一叶之扁舟，举匏樽以相属。”

20. 歌，古代辞赋篇末总括全篇要旨的部分。《楚辞·九章·抽思》：“《少歌》曰：与美人之抽思兮，并日夜而无正。”

21. 桃源，“桃花源”的省称。南朝陈徐陵《山斋诗》：“桃源惊往客，鹤峤断来宾。”

云竹赋

二〇一六年七月六日

世有盆栽绿植，雅名云竹，字云片松，又称文竹，号刺天冬。虽遍生大江南北，亦跻身殿堂斋馆，然既无梅兰竹菊之雅望，亦无国色天香之盛名。昔墨客少著笔，今予且试描摹。

予居陋室，四壁徒空，藏缥缃[1]未几卷，壅[2]云竹唯一蓬。某日，有客造访，跬步环顾，闻丹青之馀香，顾云竹之倩影，曰："文竹宜小，娇小惹怜，由怜生爱，君未闻'窈窕淑女，君子好逑'乎？"

予与云竹，案牍并肩。朝夕同处，累月经年。晨则偕迎旭日朝露之熠，暮则共送夕照落霞之赪[3]，夜则相与华烛绮疏[4]之影。然而熟视无睹，关心未曾，今闻客语，遐思遂生。

所以谓之云竹，其株纤，其花素，其叶柔，其枝弱，身披雾绡，不风摇曳。然其秀姿彬蔚[5]，举止徽容[6]，心智高远，啜露餐英。形效东岳之柏而享独尊，神如黄山之松而迎诸客，品类茂县云杉[7]之凌傲严寒，质比安吉毛竹[8]之虚怀自若。居雕梁画栋而绝无趾高气扬，寄绳枢瓮牖[9]亦杜弃妄自菲薄。初生芽蘖则蔽芾[10]漼漼[11]，至繁庶乃崇崒[12]昂昂[13]。暑往寒至，悄然无声；春来秋去，与世无争；喜怒不形于色，哀乐自化于胸。

于是从容对客曰："怜宠云竹，固有其形，缘由其本。犹窈窕之女必习礼明诗，方得情悦好逑。"客颔首，予亦慰，一瓯茶，对月烹。

注：

1. 缥缃，指书卷。缥，淡青色；缃，浅黄色。古时常用淡青、浅黄色的丝帛作书囊书衣，因以指代书卷。南朝梁萧统《〈文选〉序》："词人才子，则名溢于缥囊；飞文染翰，则卷盈乎缃帙。"

2. 壅，障蔽，遮盖，此处指文竹繁茂，叶片交错，阻塞视线之意。三国魏阮籍《东平赋》："其君处壅翳蔽塞，窕邃弗章，倚以陵墓，带以曲房。"

3. 赪（chēng），浅红色、红色；赪霞，即红色的云霞。宋陆游《过大孤山小孤山》："岸土赤而壁立，东坡先生所谓'舟人指点岸如赪'者也。"

4. 绮疏，亦作"绮疎"，指雕刻成空心花纹的窗户。《文选·孙绰〈游天台山赋〉》："彤云斐亹以翼棂，皦日炯晃于绮疏。"李善注："薛综《西京赋》注曰：'疏，刻穿之也。'刻为绮文，谓之绮疏也。"

5. 彬蔚，文采美盛貌。《文选·陆机〈文赋〉》："颂优游以彬蔚，论精微而朗畅。"吕向注："彬蔚，华盛貌。"

6. 徽容，美好的风范；美好的容貌。晋张载《送锺参军》诗："善见理不拔，阐道播徽容。"南朝宋鲍照《数诗》："九族共瞻迟，宾友仰徽容。"

7. 茂县云杉，茂县位于中国四川省阿坝藏族羌族自治州境内，因茂湿山得名，云杉为中国特有树种，植物学以茂县所产云杉为典型代表。

8. 安吉毛竹，浙江省安吉县自古就被称为"竹乡"，其所产毛竹久负盛名。

9. 绳枢瓮牖（yǒu），以绳子系门枢，以破瓮作窗户。形容贫穷人家屋舍之陋。《魏书·逸士传·李谧》："绳枢瓮牖之室，华门圭窦之堂，尚不然矣。"

10. 蔽芾(fèi)，形容幼小的样子，出自《诗经·召南·甘棠》："蔽芾甘棠，勿翦勿伐。"

11. 漼漼（cuǐ），鲜明的样子。唐白居易《庭松》诗之二："春深微雨夕，满叶珠漼漼。"宋范成大《荔枝赋》："湛冰明之漼漼，粲玉粒之团团。"

12. 崇崒（zú），高耸貌。南朝梁沉约《效居赋》："其为状也，则巍峩崇崒，乔枝拂日。"唐陈子昂《修竹篇》："峰岭上崇崒，烟雨下微冥。"

13. 昂昂，出群、高洁。《楚辞·卜居》："宁昂昂若千里之驹乎？将泛泛若水中之凫乎？"王逸注："昂昂，志行高也。"宋梅尧臣《读蟠桃诗寄子美永叔》诗："其人虽憔悴，其志独昂昂。"

晨游校园

二〇一六年七月十二日

丙申季夏[1]，荷月初九，星月朦冥，适逢值守。晨起开户，落雨点点，桐叶笃笃，慵惓荡然，信步游于保定学院校园之内。

斯之校园，座落直隶衙署之东北郊，毗邻保定军校[2]于西南隅。西望八百里太行山之峰峦，东濒三万顷[3]白洋淀之涟漪。予步自校门，俯仰眄顾[4]，校园概貌，渐次入目。地阔千亩，楼阁疏落，灰墙蓝瓦，古韵生色；环廊缦回，坡顶庑殿[5]，东西二湖，水光潋滟；芳草碧树，蜂飞蝶恋，白雾浮地，幽径蜿蜒。壁画自清华学堂，典源于九州清晏[6]。秉承皇家气派之巅崖，由昉[7]中华文明之渊源。

于是旋反北徂[8]，移步前行；五星红旗，猎猎迎空；回信巨石，昂屹当胸；双峰对峙，楼别政综[9]。及至藏书之馆，划然[10]崛起，矗立中央，登峰造极，俯瞰四方。八字校训[11]，集字昌绪[12]，鼻祖严修[13]，百载流光。

少时，循环路而东展，似入伊甸而流连。缀牵牛之芳陌，啜朝露而增鲜；沐国槐之花雨，践落英而生烟。睇[14]木槿之棋布，扑粉蝶而欲翩。瞻紫薇之冠树，缭眼目而映天。闻蓝鹊之查查，报拔正流苏[15]之欣欢。聆布谷之悠悠，抒壮志长风之波澜。望雨燕之翙翙[16]，念稚雏之待哺巢中。

晨曦溢染，静谧宁和，绿肥红瘦，芳华衡薄[17]。勤授业而传真道，育俊彦而解愚惑。但见园丁，躬耕而作，汗滴禾下，倾心默默。值盛暑而暂休憩，待秋至而再鸣铎[18]。

注：

1. 直隶衙署，又称直隶总督部院，是中国一所保存完整的清代省级衙署。始建于元，明初为保定府衙，永乐年间改作大宁都司署，清初又改作参将署。清雍正八年（1730 年）经大规模扩建后正式建成直隶总督署。

2. 保定军校，创建于 1902 年，停办于 1923 年，是中国近代史上第一所正规陆军军校，前身为清朝北洋速成武备学堂、北洋陆军速成学堂，陆军军官学堂。民国后改称保定陆军军官学校。

3. 三万顷，资料显示，白洋淀现存水域及湿地面积 366 平方公里，36600 公顷。

4. 眄（miǎn），斜着眼睛看，顾眄。

5. 庑殿，我国传统建筑屋顶形式之一。由四个倾斜而略呈弯曲的屋面、一条正脊（平脊）和四条斜脊组成。屋角和屋檐向上翘起，弯曲度较屋面为大。

6. 清晏，清平安宁。校区规划设计由清华大学建筑工程学院按“九州岛清晏”典故设计。擘画，亦作“擘划”，筹划、安排。

7. 由昉，发端，起始。

8. 北徂，向北走之意。徂，行，往。

9. 楼别政综，保定学院入大门后，左右各有行政楼和综合楼，分列东西两侧，如双峰耸峙。

10. 划然，犹豁然，开朗貌。明王思任《徐霞客传》：“与之论山经、辨水脉，搜讨形胜，则划然心开。

11. 八字校训，保定学院校训为“德业兼修、知行并重”。

12. 昌绪，即师昌绪，河北省徐水县人，金属学及材料科学家，中国科学院院士，中国工程院院士。曾就读于保定学院前身直隶第二师范学校。2010 年荣获国家最高科学技术奖。

13. 严修，字范孙，号梦扶，浙江慈溪人，近代著名的教育家、学者，早年入翰林，后出任贵州学政、学部左侍郎等职。与张伯苓一起创办南开系列学校，1919 年又创办了南开大学，被称为“南开校父”。1904 年，严修创办保定学院前身保定初级师范学堂。他倡导的“启钥民智，砥砺贤才，追求国是，献身真理”的教育理念，是保定学院校训‘德业兼修、知行并重”的渊源。

14. 睇（dì），斜视。《楚辞 · 山鬼》：“既含睇兮又宜笑。”

15. 拨正流苏，未获得学位时，流苏是垂挂在着装人所戴学位帽的帽檐右前侧中部；获得学位后，流苏则垂于帽檐左前侧的中部。在学位授予仪式上，校长（或校学位评定委员会主席）颁授学位之后将毕业生的流苏从帽子右边拨到左边，代表毕业生已学有所成，可以展翅高飞。

16. 翙翙（huì），鸟飞声。《诗 · 大雅 · 卷

阿》："凤凰于飞，翙翙其羽。"郑玄笺："翙翙，羽声也。"宋叶适《鹿鸣宴诗》："朝阳羽翙翙，春梧绿蕤蕤。"

17. 衡薄，杜衡丛生之地。

18. 鸣铎，铎，大铃，形如铙、钲而有舌，古代宣布政教法令之器，亦为古代乐器。盛行于中国春秋至汉代。明高启《车遥遥》诗："出门已远第一程，耳中鸣铎渐无声。"明徐渭《寄谢学师张先生见慰》诗："海天鸣铎入山城，独剑孤琴傍马行。"此处指暑期结束，开学迎来新的学年之意。

游清源山[1]记

游于二〇一六年八月末，成文于十月中

九州华东，闽南鲤城。廓北咫尺，仙峤峥嵘。山谓清源，道教名胜。北眺三百里有福之州[2]，南瞰千万倾鼓礁浪头。东临沧海，目极台湾宝岛；西接重岚，臂揽戴云峰[3]秀。溯流光而回宋元，海上丝绸之路肇始；探人文而仰圣贤，海滨邹鲁[4]之名荣膺。

清源山麗，林壑葱茏。接山连海，胜景天成。文物古迹，星罗棋布。俯拾接踵，仰观盈目。然泱泱华夏，五岳峰起；浩浩道教，四山遐名。斯之清源，山不谓高，地不言广；其为何故，声名远扬？盖缘羽仙岩前老子造像也。

夫老子者，姓李名耳，表字伯阳，复字曰聃。不祧之祖[5]，道家巨擘[6]。东方智圣，宙合[7]始末。生于楚始阃奥[8]博广，出函谷而翩然入闽，骑青牛以云游千日，历千载而羽化[9]晚唐。造像天然而略施雕琢，传万世而顶礼八荒。席地而坐，触天横空，浑然一气，目涵苍溟。雨深衣袂生秋藓，月晓须眉带石霜。风冽睿颜镌谷壑，雪飏邃目洞苍黄。

嗟呼！万经之王，畅含灏气[10]。凤哕[11]龙吟，惏天极地[12]。尊聃为龙[13]，圣人问礼。黉门[14]发凡[15]，浃髓沦肌[16]。道法自然，顺应自然，有容乃大，和谐之源。叹江汉浮萍，谁人自在怡然？

注：

1. 清源山，位于福建泉州（古称鲤城）北郊，风景秀丽，尤以山上泉眼诸多别称“泉山”，又因山高入云而称“齐云山”。《泉州府志》载，清源山开发于秦代，中兴于唐代，宋元时期最为鼎盛。山上文物古迹众多，现存完好的有宋、元时期石雕造像 7 处 9 尊，历代摩崖石刻近 600 多方，元、明两代花岗岩仿木结构的石室多处。最负盛名的宋代太上老君（老子）造像，系全国最大、艺术价值最高的道教石雕。

2. 有福之州，即福州。鼓礁浪头，即鼓浪屿。

目涵苍溟

3. 戴云峰，位于福建省泉州市德化县西部之赤水镇戴云村，距泉州市约 160 公里。海拔 1856 米，雄奇险峻，气势磅礴，有“闽中屋脊”之称，是福建省境内的第二高峰，与台湾阿里山遥遥相望。也是戴云山脉的主峰。

4. 邹，孟子故乡；鲁，孔子故乡。后因以“邹鲁”指文化昌盛之地、礼义之邦。

5. 不祧之祖，指创业之祖。常用以比喻创立某种事业永远受到尊崇的人。

6. 巨擘，大拇指。比喻杰出的人物。《孟子・滕文公下》：“于齐国之士，吾必以仲子为巨擘焉。”

7. 宙合，囊括，包罗。清恽敬《前光禄寺卿伊公祠堂碑铭》：“圣贯天地，宙合百家，虫人万千，内外精粗。”

8. 阃奥（kǔn ào），比喻学问或事理的精微深奥所在。《三国志・魏志・管宁传》：“娱心黄老，游志六艺，升堂入室，究其閫奥。”

9. 羽化，指飞升成仙。宋苏轼《前赤壁赋》：“飘飘乎如遗世独立，羽化而登仙。”

10. 颢气，清新洁白盛大之气。《文选・班固〈西都赋〉》：“轶埃壒之混浊，鲜颢气之清英。”

11. 哕（huì），泛指鸟叫声。

12. 帡（píng）天极地，谓包罗万象。明袁宗道《乞进讲〈大学衍义〉疏》：“网罗先躅，捃摭旧闻，其广则帡天极地，其细则茧丝蝟毛。”

13. 尊聃为龙，《史记·老子韩非列传》：孔子谓弟子曰：“鸟，吾知其能飞；鱼，吾知其能游；兽，吾知其能走。走者可以为罔，游者可以为纶，飞者可以为矰。至于龙吾不能知，其乘风云而上天。吾今日见老子，其犹龙邪！”

14. 黉（hóng）门，学宫之门。借指学宫，学校。

15. 发凡，揭示全书的要旨或体例。晋杜预《春秋经传集解序》：“其发凡以言例，皆经国之常制，周公之垂法，史书之旧章。”

16. 浃（jiā）髓沦肌，深入骨髓，浸透肌肤，比喻感受、影响之深。宋范成大《谢江东漕杨廷秀秘监送江东集并索近诗二首》：“浃髓沦肤都是病，倾囷倒廪更无诗。”

游武夷山[1]记

二〇一六年十一月

有伟人词[2]曰：今日向何方，直指武夷山下。山下山下，风展红旗如画。有理学[3]集大成者[4]诗曰：武夷山上有仙灵，山下寒流曲曲清。欲识个中奇绝处，棹歌闲听两三声。武夷仙境，夙夕向往，吟诗诵赋，平添景仰。丙申孟秋，携妻南下，赴石狮以欢会袍泽[5]，忆胶州之军旅岁月，叹往昔已黟然[6]斑白，畅未来尚不惧酒冽。

于是背东海，向北山[7]；越鲤廓[8]，揖老聃[9]；憩榕城[10]，沐燠泉[11]。遥指闽赣，逶迤百川。欣然奇秀在望，满目碧水丹山。

揽武夷风光，感山河巍蔚。慨历史之悠久，仰人文之荟萃。美丹雀之千姿，慕繁林之葳蕤。咏瀑溪之纵横，舒彩云之祥瑞。朱子理学由昉处，迁客墨迹荟立壁。武夷岩茶，红袍加身。赤石暴动[12]，丰功伟绩。凡此种种，不胜枚举。问谁堪点睛之笔，唯潋滟九曲之溪[13]。丽水窈窕一十八弯，奇峰耸立三十六座，幽洞深邃七十二穴，百里画廊奔来眼底。

是日也，碧溪淡涟[14]，日丽天晴，乘竹筏顺清流而似翩跹彩蝶，撑轻篙随曲水而如戏水蛟龙。忽则溪面平阔手可探鱼翔浅底，瞬间断岸嵯峨[15]眼突现路末途穷。

峰回路转，二曲南畔，有玉女[16]亭亭而立，兰蕙束髻，芎穷为簪，缘波微步，夷粹婵媛。凝瞳眸之澄澈，眺一曲之北岸。崇大王[17]之神勇，动丹唇而徐言。救万民于洪灾，拯百姓之兽险。劈山为河成九曲之溪，引水耒耜[18]造万顷膏田。不恋碧落之浮华，愿践鹊桥与君伴。一朝石化，千年无怨。

注：

1. 武夷山，武夷山位于福建省武夷山市南郊，武夷山脉北段东南麓总面积 999.75 平方公里，是中国著名的风景旅游区和避暑胜地。武夷山通常指位于福建省武夷山市西南 15 千米的小武夷山，称福建第一名山，属典型的丹霞地貌，是首批国家级重点风景名胜区之一。武夷北接仙霞岭，南望九连山，中分赣江、闽江，居江西、福建交界。相传古神人武夷君居此，故有武夷之名。

2. 伟人词，指毛泽东主席写于1930年1月的《如梦令·元旦》。

3. 理学，宋明儒家周敦颐、邵雍、张载、程颢、程颐、朱熹、陆九渊、王守仁等的哲学思想之总称，以朱熹为集大成者。

4. 集大成者，指宋朝著名的理学家、思想家、哲学家、教育家、诗人朱熹，闽学派的代表人物，世人尊称为朱子。

5. 袍泽，战袍和衬衣。后称军队中同事为“袍泽”。

6. 黟然，黑貌。宋欧阳修《秋声赋》：“宜其渥然丹者为槁木，黟然黑者为星星。”

7. 北山，指清源山。

8. 鲤廓，即鲤城，泉州之古称。

9. 老聃，指老子。

10. 榕城，福州市之别称。

11. 燠（yù）泉，福州盆地中广泛分布着一种名叫“燠泉”的温泉水。

12. 赤石暴动，1942年6月17日，被国民党反动派关押在江西上饶集中营的第六队80多名同志（绝大多数是皖南新四军的同志），在向闽北建阳撤离途中，于崇安县（现名武夷山市）的赤石镇举行了越狱暴动，冲上了武夷山，这就是闻名全国的赤石暴动。

13. 九曲之溪，即九曲溪，位于福建省武夷山峰岩幽谷之中。因武夷山有36峰，99岩。峰岩交错，溪流纵横，九曲溪贯穿其中，蜿蜒19华里。又因其有三弯九曲之胜，故名为九曲溪。因九曲溪弯曲成势，深深切割武夷群峰，形成九曲清流绕青峰，乘坐竹筏泛溪观赏山景，成为武夷山游览的一大特色。

14. 淡沲，形容风光明净。

15. 嵯峨（cuō é），山高峻貌。

16. 玉女，指玉女峰，是武夷山典型的柱状山之一，峰壁有两条垂直节理将柱状体分成高度递增的的三块削岩，宛如比肩俏立的玉女三姐妹。

17. 大王，指大王峰，又称纱帽岩、天柱峰。雄跨九曲溪口，海拔530米，是进入武夷山的第一峰。因山形如宦者纱帽，独具王者威仪而得名。与玉女峰遥遥相望，流传有美好的爱情故事。

18. 耒耜，古代耕地翻土的农具。

九曲玉女峰

初雪叶悟

二〇一六年十一月末

岁在丙申之末，时臻冬月之期。有寒潮呼号而至，漫天卷地，滚川碾峰，戮林袭草，澜驻波凝。始银霰[1]萧萧，面惹肤惊；继白雪纷飞，叶妆玉容。扃[2]徐启而北风贯，牖[3]虽闭而寒露生。步出户而晨曦缈，眄[4]万物而阴霾蒙。

俯仰观之，天色苍而空寂，地凋蔽而肃宁。乌群集而翻飞，食难觅而愁涌。鹊结队而疾翔，巢高危而悲盈。木叶脱而林通透，枝蔓折以信飘零。人声远可隐约见，穿疏林而迅疾行。叶委积[5]已阡陌掩，履践踏而吟诉倾。

嗟呼！草木之叶，谁解衷情？春华生则葱郁，愿衬千红而鞠躬；秋实硕而绿褥，甘护百果而无声。遇严气[6]之侵砭，遭凛冽之摧零。虽残落而枯焦，尚满怀之余情。可暖茅屋，温孤济穷；可映竹简，吟诗诵赋；可烹香茗，纵论英雄。万般皆无为，默化泥土中。

注：

1. 霰（xiàn），高空中水蒸气遇冷凝结成小冰粒，多在下雪前或下雪时出现。

2. 扃(jiōng)，本义是从外面关门的门闩。《说文》：“扃，外闭之关也。”此处指门户。

3. 牖（yǒu），窗户。

4. 眄（miǎn），斜着眼睛看，顾眄。

5. 委积，聚积，堆积。《楚辞·九章·怀沙》：“材朴委积兮，莫知余之所有。”

6. 严气，寒气。宋梅尧臣《垂拱殿起居闻南捷》诗：“一朝严气变和 气，初令漏泄飞四方。”

华中白石山温泉度假区赋

二〇一七年二月十八日

九州古土，黄河北岸。太行东麓，燕赵故园。华中集团，精筑国宅三十载[1]。尊儒重道，传续文明五千年。

丙申开岁，乘旅发[2]之东风，弘慷慨之气魄。逶迤十八盘[3]，直上飞狐[4]奠基；纵跃六千尺，指点长城残垣。是岁仲秋，温泉酒店倏而落成，秦宫汉阙巍然惊现。凌三山[5]之鼎足，踞三水[6]之肇源。俯太行之峰岭，襟渤海之沧澜。

若夫金马[7]云翔，玉璧浪腾·大宛[8]良驹仰天啸，骋容与兮跐万程.骊宫华庭，雕梁俯八荒，画栋擎苍穹。田园别墅，耒耜植桑麻，琴瑟伴鸟鸣。雪霁宫[9]怀江湖之黎庶，百渡府烹山野之蔌肴。温泉村媲华清之薰漪，冰雕宫堪金阙之晶莹。

时至夜半，太白掠重檐而徐去，玉轮耀螭吻[10]而渐沉。明河咫尺，心静神宁，雾霾安在，喧嚣遁形。迁客骚人，飏舟归去来兮，仁人志士，煮酒上谷凉城！

注：

1. 酒店由华中集团投资兴建，位于河北省保定市涞源县华中白石山温泉度假区内。

2. 旅发，指河北省首届旅游发展大会。

3. 十八盘，紫荆关下有蜿蜒山路，名曰十八盘。为昔时平原地区去涞源必经之路。

4. 飞狐，要隘名。为涞源古称，亦称上谷。

5. 三山，指太行山、北岳恒山、燕山，涞源位当三山脉络交界之处。

6. 三水，指易水、涞水、拒马河。三水同出一地，源头位于涞源县城南侧，泉水从涞源县城涌出地面，是中国北方最大的泉。

7. 金马，指金马门，汉代宫门名。

8. 大宛（yuān），古国名。为西域三十六国之一，产汗血马。因其地 产名马，后亦称骏马为“大宛”。

9. 雪霁宫，度假区单体建筑之一。下文百渡府、冰雕宫均是。

10. 螭吻（chī wěn），传说中的龙子。亦为屋脊装饰物鸱尾的别称。清高士奇《天禄识馀·龙种》：“俗传龙子九种，各有所好……二曰螭吻，形似兽，性好望，今屋上兽头是也。”

金马云翔

步《兰亭序》记同学联谊会[1]

二〇一七年七月

二零一七，岁在丁酉，季夏之中，会于吉林松原之乾安，同学会也。兄弟毕至，姐妹咸集。此地有沃野平旷，泥林[2]崔巍；又有查干[3]万顷，百湖[4]涟漪，可引为流觞曲水，列坐其次。虽无丝竹管弦之盛，执手欢歌，亦足畅同窗亲情。

是日也，天朗气清，惠风和畅，千井[5]柳绿荷馨，吉良[6]灯红曲婉。所以把酒临风，足以极心旷神怡，信可乐也。

夫同学联谊，四十载整。或筹备组委，悟言大发井[7]内；或心念故土，响应四海之外，虽早生华发，热情洋溢，当其届赴聚会，盛装华容，焕然一新，不知老之将至。及其欢聚一堂，抚今追昔，感慨倍致矣。吾师凤州，耄耋之年，视频谆诲[8]，音容犹如鸣铎之初。况外埠同学，本土同砚[9]，发言云：同门[10]之挚情，常怀于心！

于是移步丽水公园，千福阁[11]下，凡五十一人合照。辗转一中原址，流连校门前而抒怀，俯仰学校概貌，今昔非比，壮哉！故步兰亭词，录其盛况，虽世殊事异，学友[12]情谊，桃花潭水。德义拙笔，感而赋著于斯文。

注：

1. 2017年7月9日至12日，吉林乾安一中四年九班举办毕业四十周年同学联谊会，该文以我在会上发言为基础，后经整理形成步兰亭序格的记文，并作为联谊会影集之序文。

2、3、4. 乾安县又称百湖之城，其境内有“大布苏泥林国家地质公园保护区”，东北毗邻以原始渔猎——冬捕享誉中外的查干湖。

5. 乾安县是中国仅有的以《千字文》依序择字为村镇命名的县，并以井方划分村镇界限，例：水字镇、王字井（村）。

6. 联谊会地点在吉良大酒店。

7. 乾安县中心城区曾称大发字井。

8. 班主任刘凤洲老师年高84岁，事先录制了视频寄语。

9、10、12. 皆为同学称谓。

11. 县城南侧辟有水面三百多亩的丽水公园，中央建千福阁，共5层高36.16米。

后 记

当这本集子第四稿整理出来后，我想应该写一个后记了。

产生结集出版此书的想法是在去年的夏天。其时河北高校换届工作已经起动，按年龄政策我将退居二线，再过一年多就要正式退休。拿什么来纪念自己人生这一具有重要意义的时间节点和重大事件，我想到出版这本书，也算是交上一份毕业答卷吧。

此集编选的是自二〇一二年下半年至二〇一八年底，自己零零星星积攒的各类文字，是一个拣鸡毛凑掸子的“大杂烩”。自二〇一二年上半年出版了第一本小册子《韵影心迹》后，进一步激发了我的创作热情。同时，在高校工作既为自己提供了文化氛围，又提供了便利的学习条件，真是“三人行必有我师”。我对诗词格律及写作技巧有了一定提高，经常写一点东西也成为一种自觉。六七年的时间有了一定量的积累，现在选出来的相当于总量的二分之一。

这几年来，在诗歌创作上力求规范和提高的基础上，拓展了填词的领域。又加之听从高人指导尝试写了一些随笔散文游记。再考为充实自己背诵了一些古赋体名篇，受其感染也学着写了几篇沽且称作赋体文字，虽然可能形似神不似，但也算我不断追求创新的精神吧。同时外出旅游也随时捕捉了一些美丽风景名胜古迹人文景观，与诗文创作相辅相成，故也收录该集。这样就形成了诗（210 首）、词（10 阙）、文（14 篇）、赋（8 篇）加摄影（106 幅）的架构。

该集选录的诗文均按时间先后顺序排列，有专家称为编年体，实际上是一个无主题的记事薄。有工作上重要事项的记载，有生活上家长里短的结绳，有外出旅行的游记，有遇到问题的思考。虽然林林总总杂乱无章，但我始终发自内心的热爱祖国的大好河山，热爱生活的丰富多彩，热爱爱我的亲朋好友，热爱时代的铿锵脚步和对未来的梦想与追求——在这样一种积极向上的心态下去写作。

在此集即将付印的时候，我首先感谢谈歌先生、高天民先生、陈业鹏先生的鼓励与指导。谈歌老师不但高屋建瓴提出中肯意见题写书名，而且推荐给蒋子龙、关仁山两位文学大家，二位大师不吝作序。高天民先生审阅书稿后欣然命笔赠诗二首："开卷兴来雨中吟，注目行行人思神。山水人文家国事，诗词妙篇筑真情。律美格雅媲苏李，博引旁证底蕴深。读罢掩卷心潮起，如沐二月杨柳风。""东南西北游天下，有心考记笔生花。亲情友情襟怀见，清气若兰腾云霞。风物翰墨气贯虹，绚言美句溢才华。吟君短赋应沽酒，挂锄无心植桑麻"。业鹏先生对此集宏观把控并亲自命名。感谢学校同事马丽娟、崔福林、赵云耕三位教授对该书文稿的精心斧正校勘，云耕先生还对几篇赋文进行了详细注释，米建军、赵娜老师也在文字、照片整理方面做了有益的工作。

尤其更要深深地感谢夫人刘亚林的真心理解和忘我支持。当我提出编辑此书的时候，夫人一如即往毫不犹豫地表示赞成，并且在很短的时间内就把我这近七年所写的东西的原始稿全部整理打印出来，足有一尺厚！在第二稿、第三稿、第四稿增删修改过程中，常常是我白天披阅圈点，她晚上等外孙入睡后才敲打键盘直至深夜，可以说我的创作全过程都有夫人的参与和贡献。

即将付梓的《文韵影情》与二〇一二年的《韵影心迹》以及二〇一四年出版的《字韵诗魂》（中国汉字听写大会词语组诗）（上、下、续编），枉自称为韵字三部曲，意在自我总结并与朋友交流，特诚请各位方家屈尊赐教。

二〇一九年九月一心于京华